FOLIOTHÈQUE

Collection dirigée par

Bruno Vercier
Maître de conférences
à l'université de
la Sorbonne Nouvelle — Paris III

Ernest Hemingway

Le vieil homme et la mer

par Geneviève Hily-Mane

Geneviève

Hily-Mane

présente

Le vieil homme

et la mer

d'Ernest Hemingway

Gallimard

Geneviève Hily-Mane est professeur de linguistique anglaise à l'université de Reims, et spécialiste
de l'œuvre d'Ernest Hemingway.

Le dossier iconographique a été réalisé par
Monique Trémeau.

Nous renvoyons à l'édition en collection « Folio » pour les œuvres suivantes (données dans le texte sous forme de sigles) :

Le Vieil Homme et la mer (*VHM*).

Le soleil se lève aussi (*SLA*).

L'Adieu aux armes (*AA*).

En avoir ou pas (*EAP*).

Pour qui sonne le glas (*PSG*).

Paris est une fête (*PEF*).

Îles à la dérive (*ID*).

50 000 dollars (*CD*).

Les Neiges du Kilimandjaro, (*NK*).

Nous renvoyons à l'édition dans la collection « Bibliothèque de la Pléiade » pour :

Mort dans l'après-midi (*MDA*).

Les Vertes Collines d'Afrique (*VCA*).

Au-delà du fleuve et sous les arbres (*AFA*).

« Sur l'eau bleue ».

« Un endroit propre et bien éclairé ».

Les références à des études critiques sont données *in extenso* dans le texte ou dans les notes pour les références occasionnelles non reprises dans la bibliographie. Pour les textes fréquemment cités et répertoriés dans la bibliographie, seuls sont donnés le nom de l'auteur, ou du directeur de publication précédé de *in* pour les recueils d'articles collectifs, éventuellement suivi de l'année de parution dans les cas où à ces noms correspondent plusieurs entrées.

« Ce qu'un homme veut dire n'est pas toujours immédiatement perceptible dans ce qu'il a écrit et, pour ce qui est de cela, il a quelquefois de la chance ; mais à la fin, ce qu'il veut dire deviendra tout à fait clair et c'est cela et le degré d'alchimie qu'il possède qui déterminera s'il durera ou sera oublié. »

Hemingway, *Discours de réception du Prix Nobel* (« Bibliothèque de la Pléiade », II, p. 1623)

I

NAISSANCE
D'UN LIVRE

Le Vieil Homme et la mer, dernier livre publié du vivant de son auteur, révèle au lecteur le dernier avatar d'une personnalité complexe. On y trouve résumés l'art et les obsessions de toute une existence, mais décantés, et enfin sereins. A l'automne d'une vie riche de promesses dont, pour certains, il n'était pas sûr qu'elles avaient toutes été tenues, Hemingway a fait naître une image admirable de l'artiste et le formidable espoir d'un message renouvelé.

Peu d'artistes ont autant que Hemingway tiré de leur expérience personnelle le matériau de leur fiction. Peu ont autant que lui attiré l'attention du public sur leur personnalité, voire leur vie privée. Serviteur exigeant de l'écriture mais aussi premier écrivain à jouer dans le monde des lettres le rôle d'une star de cinéma, Hemingway a été tout à la fois héros et victime de sa célébrité. On sait bien que la vérité d'un artiste procède de son art et non de son existence, si peu banale que puisse être celle-ci ; mais dans le cas de Hemingway il a paru nécessaire, avant d'analyser la genèse de l'œuvre, de rappeler les étapes d'une vie dont, justement, son art n'a cessé de se nourrir, et de montrer comment l'écrivain justifiait sa vocation et son œuvre.

1. PORTRAITS DE L'ARTISTE

PORTRAIT DE L'ARTISTE JEUNE
HOMME : COMMENT ON DEVIENT
ÉCRIVAIN. 1899-1920.

Né en 1899 dans une famille aisée et
pieuse à Oak Park, aux environs de
Chicago, le jeune Ernest a hérité son
tempérament et son talent artistique
d'une mère musicienne, avant de se
révolter contre cette personnalité quelque peu écrasante qui, pour certains critiques, a contribué à développer les
angoisses secrètes de l'écrivain. Son père,
médecin dévoué, mais surtout homme
passionné de pêche et de chasse, lui a
donné son aspect physique, ses qualités
sportives, et son amour des étendues
sauvages.

L'adolescent a eu la chance, au lycée,
de développer son goût pour l'écriture
autant que pour les sports. Délaissant la
voie de l'université, il parvient, à l'issue
de ses études secondaires, à se faire
admettre au *Kansas City Star*, excellent
journal qui s'enorgueillissait de donner à
ses jeunes reporters une formation dont
l'écrivain n'oubliera jamais les conseils
stylistiques.

Mais l'Amérique venait de se joindre à
la guerre. En mai 1918 le jeune homme
s'engage comme ambulancier. Sur le
front italien il est, en juillet, blessé par
un obus ennemi. *L'Adieu aux armes*
donnera une version assez fidèle de cet
épisode dramatique. Nombre de cri-

tiques ont expliqué par ce choc indiscutable le traumatisme, jamais précisé dans l'œuvre, dont souffre Nick Adams, héros de plusieurs nouvelles et masque transparent de l'auteur. Sa blessure a aussi appris au jeune homme qu'il pouvait survivre aux plus grands dangers, et l'a poussé peut-être à vivre intensément et à défier le destin plutôt que de s'y soumettre. Désormais les hommes se divisent pour lui en deux catégories : ceux qui ont été blessés, et les autres. Devenu un héros de la guerre sans avoir été soldat, Hemingway voudra toute sa vie rester à la hauteur de son personnage. Mais il a également encouragé l'explication de sa fragilité par ses blessures physiques et psychiques sur le front italien, point de rupture dans sa vie d'homme courageux.

Le retour en Amérique est difficile : d'abord fêté comme un héros, le jeune homme a du mal à accepter le malaise né d'un rigorisme trop étroit et d'une déception amoureuse qui marquera sans doute le reste de sa vie sentimentale. Il retrouve pourtant à l'automne 1920 une vie très active de reporter à Chicago et se marie. La rencontre avec le romancier Sherwood Anderson, qui se fait son *mentor*, le conforte dans sa vocation d'écrivain et le décide à partir pour Paris, où est en train de naître une littérature nouvelle. En décembre 1920, le jeune couple quitte la morne Amérique pour Paris, où Hemingway est envoyé comme premier correspondant européen du *Star*.

PORTRAIT DE L'ARTISTE HOMME JEUNE : COMMENT NAÎT UNE ÉTOILE DES LETTRES. 1921-1926.

La période parisienne est la plus riche de la vie de l'écrivain. Il y noue des amitiés précieuses avec des artistes, peintres et surtout écrivains, jeunes Américains expatriés comme lui, que Gertrude Stein appellera la « génération perdue » de l'après-guerre : Dos Passos, Fitzgerald et bien d'autres ; il est adopté par Ezra Pound, figure de proue du mouvement imagiste, et surtout par Gertrude Stein, théoricienne d'une écriture nouvelle, qui encourage le jeune écrivain ambitieux à quitter le journalisme pour se consacrer à la littérature et lui prodigue encouragements et conseils sur « la relation abstraite des mots », c'est-à-dire « le rythme et l'emploi des répétitions » (Plimpton, *in* Weeks, p. 27, *PEF*, p. 32[1]). Cette amitié qui tournera mal, comme la plupart des liens que Hemingway noue alors avec ses pairs, et le programme de lectures intensif auquel se soumet le jeune artiste[2] entre ses nombreux voyages à travers l'Europe, l'aident à mettre au point une prose nouvelle qui frappe bientôt lecteurs et critiques littéraires : après la parution de son premier recueil de nouvelles *De nos jours* et surtout de son premier roman, *Le soleil se lève aussi*, Hemingway est un écrivain reconnu, admiré, fêté. Il a moins de trente ans, sa réputation de sportif

1. Voir Dossier, pp. 203-206.

2. Voir Dossier, pp. 213-214.

confirmé et de bon torero amateur est bien établie. Déjà est né le personnage public, déjà sont apparues les premières failles, les premières trahisons dans ses amitiés et dans sa vie privée.

PORTRAIT DE L'ARTISTE DANS LA FORCE DE L'ÂGE. 1927-1940.

De retour aux États-Unis avec une nouvelle épouse, celui que l'Amérique appellera désormais « Papa » s'installe à Key West, petit port de pêche dans la pointe sud de la Floride, où, bientôt propriétaire d'un bateau, le *Pilar*, il trouve dans la pêche en haute mer l'occasion de mémorables aventures partagées avec ses amis, et les sujets d'articles publiés dans des magazines avant de fournir la trame du *Vieil Homme et la mer*. Ses nouveaux voyages, en Espagne ou au Kenya, les parties de chasse dans l'Arkansas ou le Wyoming, les souvenirs et les émotions de sa vie quotidienne, les accidents, le suicide tragique du père, fournissent à l'artiste des sujets variés pour romans, nouvelles et récits non romancés. Mais dans cette vie active de l'homme et de l'écrivain, dès les années trente on décèle un malaise, vite souligné par les critiques, qui en 1931 sont gênés de voir l'auteur, dans *Mort dans l'après-midi*, glorifier sa propre personne autant que la corrida, et chercher dans celle-ci un substitut émotionnel à la guerre, ou constatent en 1933 qu'un nouveau recueil de nouvelles au titre significatif,

Retour d'un concours de pêche
à La Havane.
Ph. © ING/Copyright Studio.

« Il était une fois un vieil homme,
tout seul dans son bateau
qui pêchait au milieu
du Gulf Stream. » E. Hemingway.

E. Hemingway chassant dans l'Idaho, été 1947. Ph. © Robert Capa/Magnum.
Épouser la mort. « J'aimerais bien lui donner à manger [...] Mais il faut que je le tue et que je garde mes forces pour ça. »

Winner Take Nothing (Le vainqueur ne gagne rien), se complaît dans la peinture de personnages intellectuellement limités et s'enferme dans la répétition de thèmes violents. Nihilisme à l'image d'une époque de dislocation matérielle et spirituelle ou indice de l'autre face de la vitalité de l'auteur ? Leurs remarques mettent l'artiste en fureur. Il n'empêche qu'à partir de 1935, avec *Les Vertes Collines d'Afrique*, deux thèmes nouveaux hantent son œuvre : le talent trahi et la peur de la corruption.

Hemingway éveille les espoirs de la gauche quand, en 1938, paraît *En avoir ou pas*, roman sur la vie difficile des pêcheurs cubains. L'appel à la solidarité semble renouveler la thématique jusque-là résolument individualiste de l'auteur, mais outre la faiblesse technique du livre, le message est bien superficiel. L'auteur semble, malgré sa tentative pour concilier art et action, solitude personnelle et célébrité publique, payer une rupture entre sa vie réelle et la substance de son art.

Une nouvelle page s'ouvre avec la guerre d'Espagne. En libéral qu'il restera toute sa vie, malgré une relative indifférence idéologique, et en amoureux de l'Espagne, il s'y fait, en janvier 1937, envoyer comme correspondant de guerre, et sert la cause républicaine jusqu'à la défaite finale. En 1940 il s'installe avec sa troisième épouse à Cuba, dans une propriété proche de La

Havane, *Finca Vigia*, où il achève la rédaction de *Pour qui sonne le glas*. Le roman reçoit un accueil triomphal, malgré la déception de ses amis de gauche à le voir renvoyer républicains et fascistes dos à dos dans la même barbarie. Hemingway a atteint la gloire.

PORTRAIT DE L'ARTISTE VIEILLISSANT. 1940-1951.

Mais déjà sa santé se dégrade sérieusement sous l'effet de l'alcool et d'une vie trop facile ; à la fin des années 30, Hemingway n'a plus aucun ami intime parmi les écrivains, et ne fréquente plus que des pêcheurs, des sportifs, des acteurs, des soldats, des millionnaires et des parasites. En 1944 il reprend du service pour couvrir comme correspondant de guerre le débarquement allié et la libération de la France, où sa conduite téméraire, fort peu orthodoxe pour un journaliste, établit définitivement son personnage de baroudeur. En 1946 il revient à Cuba avec une quatrième épouse. Mais le travail d'écriture s'avère désormais difficile. Loin de la présence stimulante d'égaux intellectuels, ses forces minées par l'alcool et les accidents, s'efforçant de rester à la hauteur de son mythe par la violence et la vantardise, Hemingway est devenu plus proche d'une idole de l'écran que d'un écrivain. On commence donc à le démolir en même temps qu'on l'adore. L'artiste reprend alors ses vieilles habitudes, et écrit à Cuba, en France et en Italie, ce qu'il pense être son grand roman de la deuxième guerre, *Au-delà du fleuve et sous les arbres*. Lorsque le livre, très personnel, paraît au bout de dix années de silence, il est éreinté par la critique.

Blessé au vif par ces attaques, abattu par des deuils familiaux, Hemingway, qui n'a cessé d'écrire — dans les dernières années 40 il a rédigé *Îles à la dérive* et la première version du *Jardin d'Éden* — sans pouvoir se décider à publier sa production, réagit en se jetant dans la rédaction rapide du *Vieil Homme et la mer*. Le succès est foudroyant. Hemingway vient d'ajouter un nouveau rôle à son personnage : celui du sage.

PORTRAIT DE L'ARTISTE À LA DÉRIVE. 1953-1961.

Les dernières années de sa vie se passent à la recherche du temps perdu : nouveau safari en 1953 ; mais vingt ans ont passé depuis la première chasse héroïque ; deux graves accidents d'avion successifs donnent à Hemingway le plaisir de confirmer son image de « dur » indestructible, mais sapent définitivement sa résistance physique. Lors d'un voyage à Paris, en 1956, il retrouve des carnets de notes rédigés pendant son premier séjour en France, ce qui lui donne l'idée d'écrire *Paris est une fête*. Deux voyages en Espagne, en 1956 et 1959, devraient lui permettre de donner une suite à *Mort dans l'après-midi* ; malheureusement les

« Il était rentré dans le courant ; il voyait les lumières de toutes les plages éparses le long de la côte ; il savait où il était. Le retour au port ne serait plus qu'un jeu d'enfant. »
Cuba, la baie de La Havane.

articles sur l'Afrique et l'Espagne se révèlent impubliables, et l'écrivain ne peut se résoudre à rendre publics des souvenirs brûlants de *Paris est une fête* où il recrée le passé en le revivant, en réglant ses comptes avec lui-même, et — sans générosité — avec ses anciens amis.

Après avoir accueilli avec sympathie la révolution cubaine qui le traite avec égards, il décide en 1960 de s'installer à Ketchum dans l'Idaho. Les dernières années sont des années de souffrances et de dépression ; atteint de cirrhose du foie et d'hypertension, il est hospitalisé et subit un traitement d'électrochocs qui détruit sa mémoire et sa capacité d'écrire. Privé de sa raison de vivre, il se suicide en juillet 1962, d'un coup de fusil, comme son père.

Depuis sa mort paraissent à intervalles réguliers les manuscrits qu'il n'avait pas voulu laisser publier : *Paris est une fête*, *Îles à la dérive*, des nouvelles regroupées dans *Les Aventures de Nick Adams*, les poèmes, les articles du *Kansas City Star*, la correspondance, *L'Été dangereux*, *Le Jardin d'Éden*... Devenu « tel qu'enfin en lui-même l'éternité le change », Hemingway n'a pas fini de faire rêver ses lecteurs et d'offrir son exemple aux fervents de l'écriture.

2. UNE THÉORIE DE L'ÉCRITURE

On ne peut douter que Hemingway ait été un écrivain soucieux d'une conscience approfondie de son art, de ses fins et de ses moyens, quand on constate l'abondance de ses remarques sur l'écriture. Sa réflexion se développe tout au long de ses lettres, de ses articles de presse, de ses interviews et de ses œuvres non romanesques, *Mort dans l'après-midi, Les Vertes Collines d'Afrique, Paris est une fête*. De leur côté romans et nouvelles fournissent nombre d'indices révélateurs. *Le Vieil Homme et la mer* ne fait pas exception à la règle.

Ce n'était pas toutefois chose facile pour Hemingway d'évoquer cet art qui fut la passion dévorante de sa vie. A preuve ses manuscrits, qu'il a conservés avec un soin qui allait jusqu'au fétichisme[1], et où la plupart des remarques concernant l'écriture ont fait l'objet de corrections, et même de censures systématiques. Mais, en dépit de tant de circonspection, il reste bien des passages, par exemple dans *Les Vertes Collines d'Afrique*, où Hemingway se plaît à répondre obligeamment aux questions qu'on lui pose sur son métier, du moins au début de l'entretien. On le sent poussé par le besoin d'organiser l'action artistique elle-même comme une campagne militaire, et aussi de vérifier sa propre expérience en l'exposant à un

1. La plupart des manuscrits de Hemingway ont été légués à la Bibliothèque Kennedy de Boston. Cependant les épreuves typographiques du *Vieil Homme et la mer* sont à la Bibliothèque publique de New York.

Ph. © T. Johnson/Magnum distribution.
« Un homme, ça peut être détruit, mais pas vaincu. »

auditoire capable de le comprendre — cela surtout dans ses dernières années déchirées par le doute, un doute qui portait sur sa raison de vivre. Et l'artiste manifestait en même temps une haine quasi hystérique pour les critiques de profession, toujours prêt à régler ses comptes avec eux à coups de poing ou de répliques d'une furieuse violence...

L'APPROCHE INDIRECTE.

Deux termes prennent pour lui valeur de leitmotiv : écriture (« writing ») et style. Le premier signifie un engagement, un apostolat dont il nous décrit le rituel fervent. Le second touche au maniement de « mécanismes délicats », savoir-faire qui ne vise pas essentiellement à une satisfaction esthétique. Non qu'elle soit méprisable, mais elle reste accessoire : c'est que, pour lui, l'important n'est pas tant « the way of doing it », la façon de faire quelque chose, que « the way to do it », la façon d'arriver à faire cette chose-là ; le but poursuivi a une telle importance que la façon ne peut être envisagée indépendamment de lui, de sa nature singulière, et ne mérite admiration qu'en fonction de son efficacité. Dès le départ on glisse donc des enjeux de l'esthétique à ceux d'une éthique.

Curieusement, Hemingway aime moins parler de littérature que des autres arts. Peinture, musique,

architecture, mathématiques, danse, course de che-
vaux, boxe, pêche, chasse, tauromachie et, bien
entendu, la guerre, sont les sujets préférés sur lesquels il discourt. Attitude étonnante, il semble fasciné par les œuvres d'art qu'on dit mineures, précisément à cause de leur caractère éphémère, qui
rend leur perfection d'autant plus poignante
qu'elle disparaîtra bientôt, sans laisser d'autres
traces qu'un souvenir collectif qui ne les sauve
qu'au titre de reliques. Curieuse nostalgie de la
beauté évanescente, de la part d'un artiste dont le
but est de rendre inaltérable, impérissable, une
voix, grâce au texte imprimé. Hemingway aime ces
merveilles vulnérables, exposées au danger, à la
mort donnée ou reçue dans la « grâce » — c'est le
terme qu'il affectionne, et dont la connotation est
morale bien plus que physique. L'ivresse de la
création littéraire offre il est vrai, à première vue,
un substitut médiocrement glorieux à l'acte sacrifi-
ciel et sanglant, mais Hemingway suggère que le
métier d'écrivain a ses dangers propres et demande
un courage égal. Hemingway étend d'ailleurs son
code à tout un art de vivre : ainsi toute activité —
boire du vin, tuer un animal ou un ennemi —
devient art, à partir du moment où il y a maîtrise
de l'acte. Cette maîtrise, intellectuelle ou physique,
reçoit sa valeur de la fin visée : la recherche d'une
perfection, non pas beauté, mais vérité, intégrité.
D'où l'idée que l'acte d'écrire entraîne pour l'écrivain une « terrible responsabilité », et que le style
est, en soi, une affaire de morale.

On comprend dès lors que les critiques
littéraires aient pu interpréter le style de
Hemingway comme une réponse au problème d'un monde absurde et cruel :
c'est l'auteur qui le premier leur a sug-
géré cette relation d'équivalence entre
style des mots et style de vie, style de

combat philosophique. C'est lui qui, en moraliste hanté par une certaine idée de ce qui est « bon » et ce qui est « mal », postule qu'on n'a pas le droit de ne pas vivre « bien », ni de ne pas « bien » écrire si l'on écrit. On comprend le succès de cette attitude exigeante dans les années cinquante, marquées par l'idéologie de l'engagement, particulièrement dans ce qu'on a appelé l'existentialisme. On voit enfin pourquoi dans *Le Vieil Homme et la mer*, l'épopée de ce pêcheur d'absolu a pu passer pour symbole, voire mythe de celle du grand écrivain.

FINALITÉ MORALE DE L'ÉCRITURE.

L'analyse de l'art d'écrire, chez Hemingway, ne veut donc d'autres critères que ceux de vérité et d'intégrité — critères moraux par excellence, dès qu'on reste dans la conception classique d'une identité du Bien et du Vrai ; elle prétend concilier deux mondes, celui de la réalité et celui de l'imagination qui sublime l'acquis de l'expérience.

On ne peut pas « bien » écrire sans connaître comme soi-même ce dont on parle, sans expérience vécue, directe, payée parfois d'un terrible prix. *Les Vertes Collines d'Afrique*, où Hemingway affirme qu'« il est très difficile de savoir quoi que ce soit de vrai sur ce que vous n'avez pas vu vous-même » (*VCA*, p. 132), se donnent pour la démonstration de ce principe, rien n'étant fiction dans cette œuvre, si l'on en croit l'avant-propos. Point de vue alléchant pour les critiques qui se spécialisent dans la réduction d'un récit à son envers biographique. *Le Vieil Homme et la mer*, on le verra, se prête bien à ces petits travaux de détective littéraire.

L'expérience vécue, pour être féconde et légitimer moralement sa divulgation, suppose une pleine lucidité : lucidité en face du monde des autres et des choses, et, ce qui est encore plus difficile, en face de soi-même. Les premières pages de *Mort dans l'après-midi* signalent cette double difficulté : d'une part celle d'établir « ce qui s'était réellement passé au moment même de l'événement, [...] les faits réels qui avaient produit l'émotion éprouvée » ; et d'autre part, à propos de cette émotion, la tâche plus délicate encore de « savoir exactement ce qu'on a ressenti en réalité, et non ce qu'on aurait dû ressentir, et qu'on a appris à ressentir »[1]. L'expérience est en effet faussée par tout ce qui dupe l'esprit, préjugés nés du rigorisme victorien ou réactions contre lui qui n'en sont pas moins préjugés, incompatibles avec l'art.

1. Voir Dossier, p. 208.

Naturellement, la lecture est elle aussi expérience authentique dans la formation de l'écrivain. Mais si Hemingway lui accorde une place de choix, ce n'est pas pour la substituer à l'expérience directe, mais parce que c'est par elle que l'écrivain expérimente la technique qui doit donner corps au récit. Lire fournit en outre l'expérience de ce défi que sont pour l'artiste les chefs-d'œuvre des prédécesseurs, modèles ou impasses[2]. Enfin,

2. Voir Dossier, pp. 213-214.

ne serait-elle que divertissement, elle permet encore un travail inconscient d'acquisition des finesses de langue et de style.

Cet entraînement à l'expérience resterait médiocrement efficace s'il ne bénéficiait au départ d'une aptitude supérieure à détecter le vrai et le faux, un « détecteur à merde » auquel l'auteur fait inlassablement référence.

Cette somme de connaissances les plus directes, les plus techniques, dans les domaines les plus divers, qui exige le talent supplémentaire d'apprendre plus vite et mieux que quiconque (*MDA*, p. 1159), permet à l'auteur de poser à l'expert en matière de tauromachie, de chasse et de pêche : il sait nous en fournir les preuves renouvelées à chaque page, presque à chaque ligne. Bien des lecteurs ont été tentés de conclure de l'authenticité de cette information à la valeur philosophique du message. Hemingway devient alors un guide, d'autant plus digne de confiance qu'il dit lui-même les limites de son pouvoir.

Au total, l'écrivain nous offre d'emblée l'image d'un homme d'action qui fait don à ses lecteurs de sa vaste expérience vécue, qui ne parle que de ce qu'il sait, et qui ne veut plaire que par là. Son égotisme se justifie et se porte même au rang des vertus : « Qu'est-ce qu'un écrivain connaît mieux que lui-même ? » répond-il à un journaliste qui lui demande, en 1961, si c'était seulement de lui-même qu'il écrivait (*Saturday Review*, 29 juillet 1961, p. 8). « Lui-même », c'est en fait tout un monde capturé par le Verbe.

Cette puissante emprise sur le monde ne suffit pourtant point à l'ambition de sa recherche : mis à part les cas limites comme la gageure des *Vertes Collines d'Afrique*, ou les écrits fondés sur la guerre d'Espagne ou d'autres événements d'importance historique, rapportés avec une fidélité absolue, la tâche de l'écrivain ne consiste pas seulement pour Hemingway à témoigner, mais aussi, et même d'abord, à créer : le témoin n'est que le pourvoyeur de l'artiste. Celui-ci trie l'essentiel dans le pêle-mêle de ses connaissances ; le texte ainsi créé transcende le tout-venant quotidien de l'actualité pour atteindre, « sans rien qui se gâte plus tard » (*VCA*, p. 24), à une vérité qui a une chance d'être reconnue pour la Vérité. C'est ce qui distingue l'écrivain du journaliste, même s'il est bon, pour bien apprendre son métier d'écrivain, de commencer par le journalisme, comme le fit Hemingway.

UNE QUATRIÈME ET UNE
CINQUIÈME DIMENSION...

C'est ici qu'il y a lieu d'examiner une idée récurrente de Hemingway, avec sa singulière phraséologie, cette quatrième, voire cinquième dimension que l'écrivain devrait selon lui s'efforcer d'atteindre. Les linéaments de la formule apparaissent dès les premières pages de *Mort dans l'après-midi*, mais elle ne date telle quelle que de 1935, dans *Les Vertes Collines d'Afrique*[1]. Elle est bien à la manière de Hemingway, avec ce qu'elle a d'énigmatique et qu'il veut imposer comme évidence. Son exégèse a duré quelque vingt ans, jusqu'à ce que Frederic I. Carpenter retrouve la trace de la cinquième dimension dans le « perpetual now », le « maintenant éternel », expression employée en 1931 par Ouspensky, mystique admirateur de Bergson et de William James ; du premier, Ouspensky retenait l'application de la relativité einsteinienne à « l'élan vital » qui réintégrait le temps dans la conscience humaine ; du second il adoptait l'« empirisme radical », qui ne voulait plus compter qu'avec l'expérience « pure », l'expérience « immédiate »[2]. Option métaphysique que Gertrude Stein, ancienne élève de William James, avait déjà cherché à transposer dans la création littéraire. Hemingway a repris l'idée dans *Pour qui sonne le glas*, pour célébrer l'exaltation de l'amour, puis dans *Le Vieil Homme et la mer*, pour dire l'exaltation de la mort. *Le Vieil Homme et la mer* réalise cette poésie de la temporalité par un certain nombre de procédés d'écriture, et en particulier un rythme de phrase à l'image d'une durée, qui tantôt se contracte et tantôt s'étire en un « présent en suspens ».

Hemingway sait fort bien qu'entre expérience réelle et expérience trans-

1. Voir Dossier pp. 210-211.

2. Voir Dossier, pp. 225-229.

Dieu-requin du Pacifique. Statuette en bois. Otago Museum. D.R.

muée en fiction s'établit une sorte de jeu dialectique de renvois. C'est ce que suggère la préface de *Paris est une fête*, livre où il est effectivement difficile pour le lecteur de faire la part des deux expériences : « Si le lecteur le souhaite, ce livre peut être tenu pour une œuvre d'imagination. Mais il est toujours possible qu'une œuvre d'imagination jette quelque lueur sur ce qui a été rapporté comme un fait. » Dès lors, où est la Vérité — cette vérité matière et garantie du texte, fondement de notre pacte avec l'auteur ?

LE REGARD FROID.

Dernière caractéristique de ce code du bien écrire : si le critique a le droit de prendre parti, et même avec passion, l'artiste, lui, n'a pas à juger le monde, il n'a qu'à le comprendre. Cette exigence de regard froid a pour enjeu, moralement, les justes relations de l'écrivain avec son texte autant qu'avec son lecteur, et, techniquement, l'art du « point de vue ». On comprend le respect que Hemingway professe à l'égard d'un Flaubert, même s'il ne se reconnaît d'autre dette envers lui que celle d'avoir appris l'importance du mot juste.

Regard froid ne veut cependant pas dire froideur, distance insurmontable entre l'écrivain et le fantasme de son récit : montre-t-il deux jeunes buveurs, il éprouve lui-même l'impérieux besoin de se faire servir du rhum ! (*PEF*, p. 18).

Bien plus : le travail de l'écrivain n'est pas d'imposer un jugement au lecteur mais de l'entraîner avec lui dans l'expérience imaginaire qui précède tout jugement : sympathie, camaraderie chaleureuse et non plus relation d'initiateur à initié.

LES PIÈGES.

Mais rien n'est acquis définitivement : l'artiste reste exposé à des pièges que Hemingway connaît bien, et d'abord celui du succès. On en arrive à ce paradoxe : l'écrivain a besoin, pour écrire, d'un auditoire d'admirateurs dociles en quête de leçons, voire d'« aficionados » ; mais en reconnaissant sa valeur, les lecteurs risquent de l'amener à se départir de ses exigences, à glisser dans des facilités qui sapent aussi bien son autorité que son intégrité. Survivre est finalement la chose la plus difficile pour l'écrivain[1]. D'où une étrange relation d'amour et de défiance avec le lecteur. Dans *Le Vieil Homme et la mer* c'est la confiance amicale qui inspire le bonheur de conter.

1. Voir Dossier, pp. 210-211.

LE PRINCIPE DE L'ICEBERG.

L'auteur a, on le voit, une conception assez cohérente, malgré ses glissements inaperçus ou inavoués, des « causes profondes » de l'acte d'écrire. Sa « manière » en est déduite, avec ses règles précises, dont la plus célèbre renvoie au « principe de l'iceberg ».

L'« iceberg », comme *Mort dans l'après-midi* le définit, c'est la masse du savoir de l'écrivain qui connaît tout ce dont il parle. Mais ce savoir doit seulement émerger. Sa profonde immersion dans le non-dit est aussi nécessaire à la qualité du texte que celle de la plus grande partie de la montagne de glace l'est à sa stabilité[1]. La métaphore plaît tant à Hemingway qu'il la reprend en 1958 dans l'interview qu'il accorde à George Plimpton, où il cite en exemple *Le Vieil Homme et la mer* :

1. Voir Dossier, pp. 209-210.

« *Le Vieil Homme et la mer* aurait pu faire plus de mille pages, parler de tous les habitants du village, les conditions dans lesquelles ils gagnaient leur vie, étaient nés, avaient été élevés, avaient eu des enfants, etc. Ceci est parfaitement bien fait par d'autres écrivains. Quand on écrit on est limité par ce qui a déjà été fait de façon satisfaisante. Alors j'ai essayé de faire quelque chose d'autre » (*in* Baker, 1961, p. 34).

Au cours de l'interview il recommande deux procédés : la hiérarchisation des détails, afin de ne laisser émerger que le détail clé, et l'ellipse. Un essai resté inédit justifie ces procédés systématiques par le souci d'inciter le lecteur à plusieurs lectures, expérience du texte comme problème, même si le plaisir promis demande plus d'effort qu'une histoire où tout est dit.

Cette « nouvelle théorie, selon laquelle on pouvait omettre n'importe quelle partie d'une histoire, à condition que ce fût délibéré, car l'omission donnait plus de force au récit et ainsi le lecteur ressentait plus encore qu'il ne comprenait » (*PEF*, p. 93), nous oriente vers un type de communication, de « communion », où le rapport entre auteur et lecteur devient encore plus complexe et fuyant, de nature charismatique, pour ne pas dire télépathique...

LE DÉTAIL.

Comprimer, condenser pour ne laisser que l'élément sommital. Mais à pied d'œuvre, comment décider à coup sûr ? Ce fut, raconte Hemingway au début de *Mort dans l'après-midi*, pour lui une révélation décisive de découvrir qu'un détail pouvait, sous son aspect le plus apparemment dépourvu d'intérêt, conduire l'imagination à retrouver la vérité totale, inaltérable, d'une scène. Il venait d'assister à une mise à mort gâchée par un matador poltron et, pendant la nuit, il se demandait en vain comment la décrire. Tout à coup lui revint en mémoire le détail, le détail clé : « ... ce que j'avais vu, c'était la saleté des culottes de location, la saleté du caleçon déchiré, et la propreté du fémur blanc, intolérablement blanc — c'est cela que j'avais vu et c'était cela l'important » (*MDA*, p. 1004).

Hemingway a eu le mérite de pousser très loin l'art de l'ellipse et de la synecdoque. Mais cette rhétorique de la partie pour le tout amènera plus d'un critique à chercher et à voir une pléiade de symboles dans le réseau des détails clés. Ce qui fut écrit et s'écrit encore sur *Le Vieil Homme et la mer* atteste assez la vogue de ce genre d'interprétation. Or Hemingway refuse de répondre à la question que lui pose George Plimpton à ce sujet ; et il affirmera que si on a trouvé du symbolisme dans son récit c'est qu'il était assez riche pour permettre ce petit jeu à ceux qui s'y complaisent ; mais pour lui le secret du texte, c'est qu'il n'y a de double fond que la vérité ; le symbolisme, ajoute-t-il, ne peut être que superfétatoire, un leurre qui distrait de la belle surface du récit l'attention qui n'est due qu'à elle. Avis aux critiques trop subtils du *Vieil Homme et la mer*...

« LE BAROQUE EST FINI ».

Au fond, Hemingway rejette dans le même mépris symbolisme visionnaire et « pittoresque » ornemental, conventionnel, avec ses guirlandes de clichés. Il n'y a de vérité belle que vérité nue. *Mort dans l'après-midi* l'affirme dans un aphorisme qui assimile l'art d'écrire à celui des arts qui, dans les années 20, tendait au maximum de pureté fonctionnaliste : « La prose est architecture, et non décoration intérieure, et le Baroque est fini[1]. » Et d'après Hemingway, cela vaut pour tous les arts, de l'art de bâtir à l'art tauromachique. Reprenant sans vouloir trop y réfléchir l'opposition entre le clas-

1. Voir Dossier, p. 209.

sique et le baroque, ou le romantique, Hemingway tranche durement en faveur de la « pureté » et de la « vérité », « sans trucs et sans tricherie »[1]. Tout truquage, tout artifice, terme où pourtant s'inscrit celui d'art, mérite l'exécration, y compris les coups de cymbale de l'épopée : « Les exagérations journalistiques ne se transforment [pas] en littérature par l'introduction d'un faux ton épique[2]. » On peut se demander si, en considérant avec un bel ensemble *Le Vieil Homme et la mer* comme un poème épique, les critiques n'ont pas commis un contresens, ou voulu convaincre Hemingway de contradiction. Mais y a-t-il autre chose dans l'épopée que des « effets faciles et théâtraux » (*MDA*, p. 1187)? On verra que l'auteur Hemingway n'a pas laissé de prendre des libertés avec l'« art poétique », si péremptoire, d'un Hemingway fort peu fait, au fond, pour théoriser.

LE TABOU DE L'ÉCRITURE.

Mis en appétit par ces remarques insistantes, le lecteur confiant espère se voir offrir la clé d'une découverte aisée. Mais il se heurte bientôt à une sorte de tabou qui pèse sur ce que le guide de ses propres terres définit comme « la région la plus difficile de son œuvre » (Plimpton, p. 30). Ce tabou frappe immanquablement les interviews à certains de leurs tournants, justifié sans doute en partie par le peu de cas que fait Hemingway de ceux qui posent ces questions indiscrètes. L'artiste avance une autre raison, si c'en est une et non pas simple superstition : que l'écrivain n'aille pas se détruire en parlant de son travail ! On comprend cette peur de tarir la source miraculeuse en voulant surprendre un en-deçà du Moi. Hemingway se montre dans *Paris est une fête* comme un médium parfois aliéné à son génie : « Le conte que j'écrivais se faisait tout seul et j'avais du mal à suivre le rythme qu'il m'imposait » (*PEF*, p. 19). Mais il ne serait pas Hemingway si, quelques lignes plus loin, il ne se montrait reprenant le dessus : « C'était moi qui l'écrivais, maintenant, elle ne se faisait plus toute seule. » Il n'a pas voulu dire si le bonheur — aux deux sens du mot — de l'écrivain était lié au premier moment plutôt qu'à l'autre.

Bien d'autres écrivains, à commencer par Henry James ou Faulkner, ont exactement la même réaction d'orgueil, ou de pudeur défensive, pour sauver en eux le sacré. Les critiques du reste ne manquent pas qui contestent l'intérêt de certaines curiosités indiscrètes pour ce que Hemingway appelle à juste titre, dans son discours de réception du prix Nobel, l'« alchimie » du verbe. Il reste qu'on peut s'étonner de le voir s'offrir si facilement comme guide aux visiteurs de son œuvre, pour interdire soudain solennellement de franchir certaine porte... On s'aperçoit alors que c'est en jouant sur le mot que Hemingway s'est expliqué si minutieusement, si inlassablement, sur le « comment » de son écriture : d'interviews en articles et jusque dans *Paris est une fête* il nous conte tout l'attirail et les démarches d'un rituel — rituel est un mot qu'on retrouvera à propos du *Vieil Homme et la mer* — crayon préféré, talisman porte-chance, horaires et enchaînement de gestes qui font de son art un métier de solitaire, difficile, ascétique, parce qu'il laisse peu de place au hasard et aucune à la désinvolture. Fasciné par ce spectacle d'atelier, on finit par admettre comme répondant à toute question l'amalgame du talent et du travail de technicien. L'auteur s'est contenté de nous refuser l'information essentielle, liée sans doute aux mécanismes complexes et multiples de la « boîte noire ». Nous gardons pourtant la vague impression d'avoir été victimes d'un illusionniste génial.

LES FAILLES DE L'ÉDIFICE.

Tout bien considéré, l'édifice de son esthétique, cette maçonnerie de « vérités » et de certitudes, est-il aussi solide qu'il paraît ? Certains aveux, dès le début de sa carrière, trahissent des doutes. Pourquoi Fitzgerald, ce papillon, cet amateur mondain, si peu « sérieux » dans son travail, écrivait-il si miraculeusement bien ? Et pourquoi, demande Hemingway à Ezra Pound dans *Paris est une fête*, l'admirable Dostoïevski, cet écrivain « qui n'avait presque jamais employé le mot juste [...] n'en avait pas moins donné vie à ses personnages, en certains cas, comme presque personne n'était arrivé à le faire. [...] Comment un homme peut-il écrire aussi mal, aussi incroyablement mal, et te faire sentir aussi profondément ? » (*PEF*, pp. 149, 152). La théorie, dans les deux cas, est bafouée. Cela autoriserait-il à la quitter et à la reprendre tour à tour ?

On se rappelle l'importance capitale reconnue à l'expérience vécue. Or l'interview accordée à George Plimpton remet en cause, dans la belle envolée de la conclusion, toutes les analyses : « A partir des choses qui se sont produites et des choses qui existent et de tout ce que vous savez et de tout ce que vous ne pouvez pas savoir, vous faites quelque chose avec votre invention... » Voici encore plus curieux : lorsqu'il expose aux élèves de Ketchum sa théorie sur les rapports entre mémoire et invention, Hemingway en vient à reconnaître la possibilité, et la plausibilité, ce qui ne diffère guère de légitimité esthétique, du mensonge : « Des romanciers, s'ils n'écrivaient pas, auraient pu devenir des menteurs patentés » (Hotchner, p. 199). Cela veut-il dire que l'écriture est un dérivatif pour vaincre la tentation du mensonge ? Mais le mensonge resurgit dans l'écriture même : comment juger l'auteur de *L'Adieu aux armes*, où la critique admire comme un morceau d'anthologie l'épisode « criant de vérité » de la débâcle de Caporetto — que l'auteur n'a jamais vécue ? Reconstitution ? Mentir vrai ?

La dialectique qui lie expérience et imagination troublera d'autant plus qu'elle fonde pour Hemingway sa morale. Morale bien sommaire et fragile. *Mort dans l'après-midi* déclare abruptement : « Pour moi, sur les questions de morale, je ne sais qu'une chose : est moral ce qui fait qu'on se sent bien, et immoral ce qui fait qu'on se sent mal » (*MDA*, p. 990). Mais précisément, dans *Le soleil se lève aussi*, l'auteur avait déjà brouillé les cartes pour déclarer le jeu sans intérêt : « C'est en cela que consiste la moralité : les choses qui font qu'on se dégoûte soi-même. Non, ça ça doit être l'immoralité. Point de vue très large. Que de billevesées pouvaient me passer par la tête, la nuit » (*SLA*, p. 169).

Deux pages inédites[1], rédigées probablement en même temps que *Paris est une fête*, confirment la fragilité du système, et la tentation de l'envoyer à la casse. Hemingway y admet qu'il est tentant de choisir de peindre plutôt que d'écrire : c'est que la peinture a l'avantage de permettre de tricher et de gagner à tous coups ! A cet endroit du texte s'amorce un étrange virage, qui amène au thème du suicide, tentation contre laquelle cette fois l'art offre un rempart : « Commettre le suicide était la seule chose qu'on ne pouvait pas faire dans aucun des arts, et il s'était promis de ne pas le faire... »

1. Bibliothèque Kennedy, item 632.

Ces remarques éclairent d'un jour bien douteux cette théorie si péremptoire, si intransigeante, et en définitive si insoutenable, du propre aveu de l'artiste. Mais alors pourquoi a-t-il tant tenu à s'y enfermer ? Machine de guerre, ou refuge[1] ?

1. Voir Dossier, pp. 214-218.

Non, le massif Hemingway n'était pas simple, ni pour les autres ni pour lui-même. Qu'importe : le bon usage d'une œuvre ne passe pas par le psychologisme ou le moralisme, mais par le commerce esthétique exigeant avec ses mots. Or jusque dans ses voix d'outre-tombe Hemingway s'est passionnément, sincèrement, proclamé humble et orgueilleux serviteur du Verbe.

Toutes les œuvres portent plus ou moins la marque d'une pathétique genèse. Sauf *Le Vieil Homme et la mer*, dernière œuvre publiée de son vivant, qui semble avoir échappé à leur sort commun. C'est pourquoi elle apparaît simple, lisse, sereine jusque dans la poésie de l'échec : le vieil homme n'a rien, semble-t-il, à nous cacher et nous sommes portés d'emblée, en toute confiance, à le prendre pour un héros de parabole dans un récit qui est tout entier « bon message ». C'est justement pourquoi aussi certains critiques, plus hemingwayens que Hemingway, considèrent ce texte comme une œuvre mineure, coupée de la thématique essentielle de l'écrivain : sa lutte épique avec lui-même. En fait, même dans *Le Vieil Homme et la mer*, une critique un peu attentive et qui ne se laisse pas abuser par cette « naïve simplicité » détecte la permanence du malaise et ses remous.

3. LA GENÈSE D'UN LIVRE

UNE RÉDACTION RAPIDE, FRUIT D'UNE LONGUE MATURATION.

Pendant les années qui suivirent la Deuxième Guerre mondiale, avec son retour à Cuba et l'installation à *Finca Vigia*, le travail de Hemingway ne se relâcha guère, malgré de nouveaux accidents de santé — en particulier, en 1950, un cancer bénin de la peau, dû à un ensoleillement excessif en mer, dont il dota le vieil homme —, mais les efforts de l'écrivain eurent d'abord des résultats décevants. En 1950 il n'avait rien publié depuis dix ans. Il avait successivement travaillé, puis renoncé, à deux longs romans, qui ne furent publiés qu'après sa mort : la première version, rédigée de 1946 à 1948, du *Jardin d'Éden*, publié en 1989, et un « Roman de la mer », partie d'un projet de triptyque sur la mer, la terre et les airs, commencé également en 1946, et abandonné en 1951 ; le texte en sera publié sous le titre *Îles à la dérive* huit ans après sa mort. Il parvint pourtant à publier, en 1950, *Au-delà du fleuve et sous les arbres*, mais l'effort ne

HEMINGWAY

THE OLD MAN
AND
THE SEA

Couverture de l'édition originale, dessinée par Adriana Ivancic, Scribner's Sons, New York,
1952. Ph. © Bibliothèque nationale, Paris, et © Charles Scribner's Sons.

fut pas récompensé par la critique, unanime dans l'éreintement, et cela s'expliquait assez bien : l'écrivain n'avait eu de cesse qu'il ne devînt une star de la littérature, et le public, friand de chroniques sur la vie des « gagnants », n'avait que trop tendance à demander à Hemingway d'être le héros de ses livres. Le héros d'*Au-delà du fleuve et sous les arbres* était un soldat, qui pour le critique, à juste titre plus exigeant, avait l'allure d'un stéréotype hemingwayen, fabriqué avec les souvenirs ressassés d'ancien combattant des deux guerres, mais vieilli, fourbu, amer, et hanté par sa mort prochaine. L'échec cuisant tourna cependant à l'avantage de l'écrivain : par un admirable sursaut créatif, une réaction vengeresse d'orgueil, il conçut et boucla presque d'une seule traite *Le Vieil Homme et la mer*, et le jeta à la tête des critiques[1].

La genèse du livre nous est connue : nous disposons de presque tous les états de la plupart des œuvres de Hemingway, et nous pouvons suivre les étapes — en général pas moins de cinq — de leur composition, et apprécier le minutieux travail de mise au point auquel s'est livré l'artiste. Or les manuscrits du *Vieil Homme et la mer* témoignent d'une rédaction aussi rapide qu'aisée ; on pourrait parler de pages inspirées.

Une première version, directement dactylographiée, n'a reçu que quelques corrections, imprimées ou manuscrites. Ces corrections holographes, au crayon, attestent la relecture, au début de chaque séance de travail, de la production de la veille. Certaines de ces corrections, mineures, réparent quelques bévues, des omissions ; et celles qui correspondent à un véritable travail de style — profil des phrases, tournures, termes — sont très peu nombreuses en comparaison des œuvres antérieures. La deuxième version, tapée à la machine par Mary Hemingway, comporte surtout des corrections typographiques, quelques ajouts, suppressions ou corrections de mots ou de phrases, et une seule variante importante, sans doute due à une erreur de retranscription. Quant au troisième état du texte, c'est déjà, alors que presque toutes les autres œuvres comportaient plus de deux brouillons, le jeu des épreuves d'imprimerie.

Les corrections y sont insignifiantes, mais par trois fois l'auteur a ajouté un commentaire pour répondre aux inquiétudes de l'éditeur : faut-il, demandait celui-ci en marge, écrire « White Socks of Chicago » ou « Sox » ? « Grand Ligas » ou Gran Ligas » ? Faut-il mettre ou non des majuscules à « North West » ? De tels détails peuvent paraître insignifiants ; cependant ces précautions d'éditeur bien dressé sont révélatrices d'une exigence minutieuse, obsessionnelle, du « mot juste » — surtout si ce mot est un terme étranger qui met en jeu des connaissances linguistiques, et Dieu sait si Hemingway se piquait de bien, de très bien saisir l'espagnol ! Le résultat est qu'à chaque question répond une mise au point d'un pédantisme assez touchant. Ainsi pour les « White Sox » (les Bas Blancs de Chicago, p. 19), l'éditeur justifiait sa suggestion de « Sox » par le fait que c'est ainsi que les Cubains voient le mot dans leurs journaux ; Hemingway, en fin connaisseur, s'arrange pour donner une leçon après celle qu'il a reçue : « En espagnol c'est Medias Blancas ou Socks. Mais tout le monde comprendrait ça en lisant en anglais et je ne cherche pas à faire précieux. Sox est probablement mieux [...]. Ça simplifie. » On le sent encore plus piqué d'avoir à rectifier l'orthographe de

« Grand Ligas » (p. 78) ; la forme correcte était suggérée par l'éditeur avec prudence et respect : « Wouldn't it be Gran, without the D ? » La réponse admet l'erreur, mais aussitôt justifie l'étourderie : « Correct, although I was useing [*sic*][1] a Cuban corruption of Spanish. » Au génie le dernier mot...

1. Hemingway garde systématiquement le « e » de la forme verbale qui devrait disparaître devant un suffixe commençant par une voyelle ; cette habitude a été respectée dans le titre « A Moveable Feast » donné par ses héritiers à un livre posthume (*Paris est une fête*).

Ainsi, genèse rapide, mais sans les à-peu-près et les ratés du *fa presto*. Cela s'explique aisément : l'œuvre était en fait en gestation depuis des années — depuis que l'auteur s'était installé à Key West en 1928, avant même d'acheter le *Pilar* et de se faire pêcheur quasi professionnel sur son propre bateau. Il y avait vingt ans et plus qu'il accumulait dans sa mémoire, comme un photographe peut le faire avec les archives de ses instantanés, les détails intéressants sur son expérience de pêcheur dans le Gulf Stream. Le romancier Dos Passos a donné une description dramatique d'une de ces sorties en haute mer.

Les poissons sont énormes — un thon de 500 kg, des requins de 400 kg, un marlin de 300 kg — Nous avons gardé le thon au bout de la ligne pendant huit heures — Ernest a fini par le remonter, vivant, et il l'avait presque tiré sur le bateau quand cinq requins se sont jetés dessus en même temps — Ils sont arrivés comme des trains express et ont heurté le poisson comme une raboteuse d'usine — arrachant à pleines dents vingt-cinq à trente livres d'un seul coup. Ernest leur a tiré dessus à la mitraillette, rran — mais cela ne les a pas arrêtés —

C'est fantastique de voir les balles leur trouer la peau — les grands coups de queue du requin dans un bouillonnement de sang et d'écume — les ventres blancs et les mâchoires effrayantes — les yeux pâles glacés. J'en étais médusé mais c'est extrêmement excitant (Meyers, 1987, p. 488).

Depuis son installation à Cuba, l'écrivain fréquentait les pêcheurs, jeunes et vieux, de Cojimar, petit port de la côte nord de Cuba, où est situé le récit. Tout indique que c'est parmi eux, et plus précisément parmi ceux qui l'ont aidé sur le *Pilar*, qu'il trouva les modèles de sa fiction.

L'occasion enfin était inspiratrice. Elle permettait à Hemingway de sortir de son marasme d'écrivain et de réconcilier dans le plein exercice de son art la réalité vécue et ses rêves. « Ce livre, déclare-t-il à *Life* (22 septembre 1952, p. 12), décrit des aventures imaginaires fondées sur des événements réels. » C'était un moyen de transcender l'intérêt documentaire par l'effet épique, mais avec une discrétion qui est une des ruses les plus sûres du grand art : comprenne qui le mérite. Et puisque les critiques tenaient tant à l'interprétation autobiographique, le récit, pris comme fantasme, allait permettre au champion vieilli, vacillant mais capable toujours de magnifiques prouesses, de triompher, comme le vieux pêcheur, d'un sujet au fond très ambitieux et périlleux, malgré la horde des critiques, acharnés, stupides et méprisables squales.

LES MODÈLES LITTÉRAIRES DE L'HISTOIRE.

Le thème du marin ou du pêcheur engagé dans une épreuve déterminante pour son destin n'était pas, quand Hemingway le reprit, une nouveauté dans la littérature anglo-américaine. Il avait, à la fin du XIXe siècle, inspiré le célèbre poème de Coleridge, « The Rhyme of the Ancient Mariner », où un vieux marin après avoir, cruauté absurde, tué un albatros, n'échappe à la folie du désespoir que par les voies de l'expiation et de l'amour pour toutes les créatures de Dieu[1]. Hemingway et Coleridge parlent tous deux d'une religieuse bonté pour toute vie, même prétendue sauvage et inférieure : « He prayeth best, disait Coleridge, who loveth best all things both great and small. » [Il prie le mieux celui qui aime toutes choses, grandes et petites.] Mais son vieux marin devait rechercher par l'expiation la réconciliation avec le sacré de ce monde, alors que, pour le vieux pêcheur de Hemingway, respect généreux de l'animal frère, compassion et amour sont des données premières du caractère : il ne tue que par nécessité professionnelle, pour survivre, dans un duel d'égal à égal.

Plus proches de Hemingway au point que celui-ci admet sans difficulté leur influence, Kipling et surtout Conrad abordent des sujets similaires. « Youth »,

1. La ressemblance s'impose au point qu'un des premiers exégètes de l'écrivain a intitulé le chapitre consacré au *Vieil Homme et la mer* : « Hemingway's Ancient Mariner » — *in Hemingway : The Writer as Artist*, Princeton, N.J., Princeton University Press, 1956. Repris *in* Baker, 1962, p. 289.

longue et brillante nouvelle de Conrad, centrée sur le rapport de la vieillesse à la jeunesse, nous présente côte à côte Beard, vieux capitaine courageux, yeux bleus candides, cœur simple, âme droite, dont le bateau s'orne de la devise « Do or Die », et le jeune Marlow, son fils d'adoption. Mais c'est avec le fameux *Moby Dick*, publié exactement cent un ans avant *Le Vieil Homme et la mer*, que le rapprochement s'impose : la similitude est flagrante entre le « record » tenté par le vieux pêcheur de Hemingway et la quête du capitaine Achab, obsédé par le défi que lui a lancé, des profondeurs de l'océan et du mythe, la monstrueuse baleine blanche Moby Dick. Que Hemingway, dans sa correspondance, songeant au rapprochement trop évident, ait pu parler des dimensions épiques de *Moby Dick* avec désinvolture, prouve simplement un complexe de cadet, jaloux de son originalité, à l'égard de Melville et de son droit d'aînesse littéraire :

« [Moby Dick] m'a toujours semblé deux choses : du journalisme (bon) et de l'épopée d'un style aussi forcé qu'ampoulé » (*Lettres choisies*, p. 887).

Bien entendu, le pêcheur passionné qu'était Hemingway ne pouvait pas ne pas avoir déjà conté des histoires de pêcheur ; mais il ne leur avait encore donné que le décor des torrents de montagne. *Le soleil se lève aussi*, son premier roman, met son héros blessé mais stoïque au vert près d'un torrent espagnol où il pêche la truite en compagnie d'un de ses rares copains qui soit digne de s'adonner avec lui à ce sport. Même genre de rémission dans « La grande rivière au cœur double », nouvelle où le jeune héros Nick Adams, en qui nombre de critiques ont voulu reconnaître l'écrivain lui-même, cherche lui aussi, en ferrant la truite, une diversion au mystère de son angoisse. « Hors de saison » aussi est l'histoire d'une partie de pêche ratée, et ratée dans une curieuse atmosphère de malaise que n'explique pas la banale description. Hemingway, des années plus tard, en donnera une clé inattendue en révélant qu'elle se terminait par un suicide, escamoté dans le récit : le vieux pêcheur avait tout misé sur cette pêche interdite, hors saison, où il avait entraîné un couple de jeunes Américains en lune de miel difficile. Perdant sa dernière chance de racheter, ne fût-ce qu'un instant, une existence misérable par une prouesse professionnelle, il n'avait pu y survivre.

On le voit, ce qui manque à ces premières esquisses, c'est, avec l'immensité de la marine et l'énormité de la bête affrontée, la dimension épique du combat : *Le Vieil Homme et la mer* porte le héros jusqu'aux limites extrêmes de ses possibilités, et si le dénouement est une défaite à la mesure du projet, celle-ci n'en est pas moins glorieuse pour celui qui a su surmonter son extrême souffrance, pour rester digne de lui-même et de l'idée fixe qui fait sa grandeur. C'est là la tranfiguration en « petite épopée » (aurait dit Victor Hugo) d'une épreuve tragique recherchée et affrontée librement.

Le goût de Hemingway pour l'effort tragique et les prouesses qui révèlent le surhomme dans l'homme quotidien est attesté bien avant *Le Vieil Homme et la mer* dans plusieurs récits, mais dont les décors ressortissaient à d'autres mondes : celui de la corrida, dans *Mort dans l'après-midi*, où le matador Maera, le poignet brisé, estoque son taureau malgré sa terrible souffrance, et il lui faudra s'y reprendre à six fois. Dans « L'Invincible », nouvelle au titre révélateur, Manuel Garcia, un torero usé, poursuivi par le guignon, affronte un taureau difficile avec un courage et une ténacité qui lui donnent droit de conclure sobrement et dignement, malgré sa défaite : « Je marchais bien [...]. Je n'ai pas eu de veine. C'est tout » (*CD*, p. 108). Et voici, bien entendu, le ring, dans la nouvelle « Cinquante mille dollars ». Le héros, boxeur sur le déclin, résiste héroïquement lors d'un combat doublement truqué par des bookmakers qui l'ont persuadé de miser sur son adversaire, et de se laisser battre, alors qu'ils ont, à son insu, organisé sa propre victoire en prévoyant un coup bas ; ou bien il gagne le combat, et perd l'argent qu'il a misé, ou bien, pour sauver son argent et, jusqu'à un certain point, son honneur, il doit forcer la victoire de son adversaire en se disqualifiant lui-même. Hemingway a même inclus le Christ dans la galerie de ses héros du qui perd gagne. « C'est aujourd'hui vendredi », courte pièce de théâtre, montre les gardes romains commentant, avec une épaisse naïveté et les mots de leur métier, le supplice d'un Christ tout humain, réduit à l'archétype dont nous avons vu plusieurs exemples : « Il a bien tenu le coup, aujourd'hui là-bas. [...] Il ne voulait pas descendre de la croix. C'était pas dans son rôle » (*NK*, p. 137).

L'histoire que raconte *Le Vieil Homme et la mer* reprend une « chose vue », que Hemingway avait rapportée dans un article paru dans *Esquire* en avril 1936 sous le titre « Sur l'eau bleue » ; c'était l'aventure d'un vieux pêcheur, très semblable à celle du « vieil homme » Santiago.

Un vieil homme qui pêchait seul sur un rafiot au large de Cabanas ferra un gros marlin qui, accroché au lourd filin, entraîna l'embarcation en pleine mer. Deux jours plus tard, le vieil homme fut recueilli par des pêcheurs à soixante miles à l'est avec la tête et la partie avant du marlin amarrées le long de son bateau. Ce qui restait du poisson, moins de la moitié, pesait trois cent soixante kilos. Le vieil homme avait lutté avec lui pendant tout un jour, toute une nuit, et encore un jour et encore une nuit ; le poisson nageait en profondeur et entraînait le bateau. Lorsqu'il était enfin monté à la surface, le vieil homme avait halé le bateau jusqu'à lui et l'avait harponné. Lorsqu'il avait été amarré le long du bateau, les requins s'y étaient attaqués et le vieil homme avait lutté seul contre eux dans le Gulf Stream, sur son rafiot, les assommant, les lardant de coups de poignard, leur allongeant des coups d'aviron, jusqu'à ce qu'il soit épuisé ; les requins avaient mangé tout ce qu'ils avaient pu attraper. Lorsque les pêcheurs le recueillirent, le vieil homme était en larmes sur son bateau, à demi

fou de voir ce qu'il avait perdu, et les requins conti-
nuaient à tourner en rond autour de lui (« Sur
l'eau bleue », p. 363).

Sans grand souci d'art, en simple écho-
tier, Hemingway s'était borné à faire
valoir ce que l'anecdote avait d'étonnant
dans le genre « incroyable mais vrai ».
Mais le dénouement était tout autre : à la
différence de Santiago, le « héros » de
l'aventure rapportée dans le magazine
s'effondrait banalement après l'effort et
devait être recueilli en mer, incapable
qu'il était de rentrer seul au port dignement, avec sérénité, sobre de sentiments
comme de mots.

Reste une dernière étape dans la
genèse du *Vieil Homme et la mer*, un
texte que l'on peut considérer comme sa
première version, son brouillon véritable, quasi définitif, à une différence
près, que l'on va voir. Il s'agit du chapitre IX du roman posthume *Îles à la
dérive*.

La différence est que le héros est, non un « vieil
homme », mais un jeune garçon, David, second fils
de Thomas Hudson, personnage central du roman.
David, avant son entrée, en scène dans l'action du
roman, avait été présenté comme une âme pure.
« Il avait une charmante personnalité de petit animal et il avait un esprit équilibré et une vie intérieure. Il était affectueux, avait le sens de la justice
et était d'agréable compagnie » (*ibid.*, p. 82). « Le
meilleur d'entre nous », reconnaît un de ses frères
(*ibid.*, p. 182) ; un de ces innocents, donc, promis

sans milieu possible à l'insignifiance ou au sublime. Et ce David-là, contrairement à l'incrédulité du grand frère raisonnable — « Mais, papa, comment un enfant comme David pourra-t-il prendre un tel poisson ? » (*ibid*, p. 169) —, c'est à un Goliath pisciforme qu'il se réserve, car il a la vocation de la démesure : « Il n'y a pas de limite avec lui. [...] Il fait toujours ce qu'il ne peut pas faire » (*ibid.*, p. 182).

Le voici au large, en compagnie de son père, de ses frères et d'un ami, et dans un décor qui annonce mot pour mot celui du *Vieil Homme et la mer* : « Il y avait devant lui un gros paquet d'algues jaunes du Gulf Stream et un oiseau dessus et l'eau était si calme et si bleue et si claire que, lorsqu'on regardait dedans, il y avait des lueurs comme les réfractions d'un prisme » (*ibid.*, p. 166). Il ferre un énorme espadon — mâle, naturellement. Plus de cinq cents kilos, estiment les témoins stupéfaits. Le poisson plonge aussitôt dans les profondeurs de la mer, pesant sur la ligne de tout son poids. Et l'enfant se battra pendant plus de six heures avec un simple courage, une foi en son devoir et en lui-même, admirable : « Dites-moi quoi faire et je le ferai jusqu'à en crever [...] Je vous fais confiance » (*ibid.*, p. 168). Un de ses frères finit d'ailleurs par s'écrier : « David est un saint et un martyr » (*ibid.*, p. 181).

Le récit réserve aux adultes le rôle du chœur qui suppute la tactique et les chances du poisson, pendant que le jouvenceau est décrit peinant « lentement, avec lassitude, mais sans relâche » (*ibid.*, p. 191). Bientôt ses pieds écorchés, ses mains aux ampoules saignantes, son dos, ses bras et jambes harassés portent les stigmates de sa lutte. Mais l'ami qui l'assiste dans le supplice de cette épreuve trouve les mots bourrus et forts qu'il fallait : « Tes mains et tes pieds n'ont aucune importance. Ils sont douloureux et pas beaux à voir, mais ce n'est pas grave. Les mains et les pieds d'un pêcheur sont censés être comme cela et, la prochaine fois, ils seront plus aguerris. Mais est-ce que la caboche va bien ? — Très bien, dit David. — Alors que Dieu te bénisse et tiens tête à cet enfant de pute car nous allons bientôt l'avoir à la surface » (*ibid.*, p. 192). Ainsi secondé, fort de l'attention et de l'affection des siens, qui savent lui laisser à lui seul le mérite d'une telle prise, David se révèle un pêcheur magnifique. La perspective du tableau l'est aussi, avec l'essentiel de la poésie propre à Hemingway : « Tandis que le garçon demeurait accroché, les jambes arc-boutées, le corps arqué contre la traction, le bateau continuait à voguer lentement vers le large. A l'ouest, un banc de bonites ou d'albacores troublait le calme de la surface et des hirondelles de mer commençaient à arriver, s'appelant l'une l'autre dans leur vol. Mais le banc de poissons s'enfonça et les hirondelles de mer se posèrent sur l'eau calme pour attendre que le poisson remonte » (*ibid.*, p. 170).

Il surgit enfin, ce poisson de rêve, dans une fulgurance qui rappelle littéralement *Le Vieil Homme et la mer* à l'instant homologue : « A l'arrière et à tribord, le calme de l'océan fut brisé et le grand poisson en jaillit, s'éleva, bleu sombre et argent, sortant interminablement de l'eau, fantastique, tandis que sa longueur et sa masse se dressaient hors de la mer et dans l'air, et il parut rester suspendu ainsi jusqu'à ce qu'il retombât dans un éclaboussement qui souleva une haute gerbe blanche » (*ibid.*, p. 177). L'enfant décharge son émotion et sa hargne d'avoir tant souffert par une bordée d'insultes : « Le foutu salaud ! Le gros salaud ! — Il pleure, dit Andrew [...]. Il parle comme ça pour se secouer » (*ibid.*, p. 193). Hargne physique, viscérale ; mais aussitôt amour généreux pour le partenaire, proféré en courtes phrases exultantes : « Je me fous qu'il me tue, ce gros salaud, dit David. Oh, bon Dieu ! Je ne le déteste pas ! Je l'aime. [...] Je ne le lâcherai pas. Je regrette de l'avoir insulté.

David terrasse Goliath. Fresque du XIIᵉ siècle. Musée d'art catalan, Barcelone. Ph. © Archives
Snark/Edimedia.
La force surhumaine des héros légendaires.

« Dans un ultime déploiement de beauté et de puissance, ce géant fit un bond fantastique. Pendant un instant, il resta comme suspendu en l'air au-dessus du vieil homme et de la barque. »

Je ne veux plus rien dire contre lui. Je pense qu'il n'y a rien de plus beau au monde » (*ibid.*, p. 193).

Avec le soir tombant la victoire sur le géant semble acquise : « A présent il était vraiment énorme, plus gros que tout espadon que Thomas Hudson eût jamais vu. Il était désormais bleu violacé sur toute sa longueur au lieu de brun et il nageait lentement et calmement dans le même sens que le bateau. [...] Il voyait maintenant tout son grand corps violet, le long éperon à l'avant, la mince nageoire dorsale plantée au milieu de son large dos et son immense queue qui le poussait presque sans aucun mouvement » (*ibid.*, pp. 197-198). Mais soudain le câble, toron par toron, casse, et c'en est fait : « Le grand poisson resta suspendu dans les profondeurs de l'eau où il semblait un immense oiseau violet foncé, puis il s'enfonça lentement. Ils le regardèrent tous descendre, rapetisser de plus en plus jusqu'à disparaître » (*ibid.*, p. 199). Frustration, pudeur d'un désespoir sans mesure : « Personne ne sait ce que je ressens » (*ibid.*, p. 201). A la compassion de ses compagnons, au compliment consolateur du père : « Tu as livré le plus beau combat que j'aie jamais vu livrer par qui que ce soit », il coupe court : « Merci beaucoup, papa. Je t'en prie, n'en parle plus » (*ibid.*, pp. 200-202). Il ne veut plus penser qu'au sort de l'adversaire, du partenaire qui a été tout au long du combat lié à lui par le plus grand et le plus pur des liens d'amour. Et le cours que prennent ses réflexions le montre touché par la sagesse et la grâce de l'amour : « J'espère qu'il ne lui arrivera rien. [...] J'espère qu'il va bien. [...] Dans les pires moments, quand j'étais le plus fatigué, je ne pouvais plus dire ce qui était lui et ce qui était moi. [...] Puis, je me suis mis à l'aimer plus que tout au monde. [...] Maintenant je me fous pas mal de l'avoir perdu. [...] Je me fous des records. Je croyais seulement que ça m'intéressait. Je suis heureux qu'il aille bien et que j'aille bien. Nous ne sommes pas ennemis » (*ibid.*, pp. 203-204).

Il suffit, après ce résumé, d'une lecture rapide du *Vieil Homme et la mer* pour voir la ressemblance si curieusement étroite. Mais il suffit aussi que d'un texte à l'autre le héros soit vieilli de quelque cinquante ans pour que se produise une mutation essentielle du sens, et que la réduction, aux détails près, du second récit au premier ne soit plus possible. *Îles à la dérive* offre un récit très classiquement américain : c'est celui de l'épreuve d'initiation qui doit faire de l'adolescent un homme véritable. Rite de passage qu'on retrouve dans la plupart des nouvelles que Hemingway consacre au personnage de Nick Adams. Les adultes en sont d'ailleurs conscients, comme le prouve la remarque paternelle destinée à expliquer l'enjeu à un des frères de David, consterné par l'aventure de l'adolescent : « Il y a un moment où les garçons doivent faire des choses s'ils veulent devenir des hommes. [...] Sache que j'aurais arrêté cela depuis longtemps si je ne savais pas que si David prend ce poisson, il possédera quelque chose pour toute sa vie et que cette chose lui rendra tout le reste plus facile » (*ibid.*, p. 190). Que l'initiation se solde par un échec sous le regard de témoins qui doivent laisser le néophyte seul devant les aléas de son épreuve, quoi qu'il arrive, est encore l'une des constantes obligées de l'idéal américain de la virilité. Mais *Le Vieil Homme et la mer* modifie au point de le subvertir le message rabâché et apporte à l'anecdote la coloration d'un message tout différent.

II LE RÉCIT

4. L'HISTOIRE : SA STRUCTURE

Un très court récit, appelé par les anglophones *novella* plutôt que *novel*, le terme courant qu'on traduit par roman ; et récit d'apparence si simplement linéaire, si dépouillé, qu'un critique s'est emparé de la dernière image du livre, pour ramener l'intrigue à la « longue arête blanche que termine une immense queue » du monstre marin (Earl Rovit, p. 85). Définition fort réductrice, qui demande réexamen.

Le récit reprend donc l'histoire, publiée dès 1936, d'un vieux pêcheur, qui, au bout de quatre-vingt-quatre jours de malchance, repart en mer, attrape un énorme espadon, se bat avec lui pendant trois jours, et le tue enfin ; mais c'est pour être, dans la navigation de retour, attaqué par une meute de requins qui dévorent sa prise et ne lui permettent de ramener au port que le squelette de ce poisson magnifique, preuve dérisoire de sa victoire.

UN DRAME CLASSIQUE.

Court roman ou longue nouvelle ? On
pencherait pour la seconde définition,
car le livre emprunte exactement la fac-
ture de la nouvelle, très proche de la
pièce de théâtre[1] : toutes deux se
concentrent sur un seul drame ; le sort
des personnages se joue en quelques ins-
tants, sur un coup de dé, une provoca-
tion du destin — on pourrait presque
évoquer l'unité de lieu, de temps et
d'action.

Le récit aménage rétroactivement un
statu quo ante qui explique la maturation
sourde d'une crise : depuis quatre-vingt-
quatre jours le vieux pêcheur quasi
indigent n'a fait aucune prise. Incapable
à la longue de se résigner à ce guignon
qui l'affecte plus moralement que maté-
riellement, il décide d'en finir en jouant
son va-tout : c'est la crise qu'on peut
appeler d'impulsion, point de départ de
la première péripétie, un combat dont les
passes font alterner les initiatives et les
« points » marqués par les deux camps,
ou les deux adversaires d'un duel obscur.
Ici les deux adversaires sont aussi aisés à
identifier, sinon plus, que dans une pièce
de théâtre : d'un côté le camp pour
lequel le lecteur est, d'emblée, amené à
prendre parti ; c'est celui où se trouvent
solidaires le vieil homme fort de sa passion et de sa force intacte, Manolin son
disciple, filial pourvoyeur, et aussi les
oiseaux, les poissons, les tortues, émis-

1. Cf. Guy De-
gen, « Pathétique,
tragique et drama-
turgie de la nou-
velle dans « Le Sa-
gouin », *Lectures
du Sagouin*, Pres-
ses de l'université
de Reims, 1987,
pp. 107-108.

saires amicaux de la grande déesse océane. Dans l'autre camp, les forces hostiles : chez le vieil homme lui-même, la vieillesse, la misère, les limites de ses forces musculaires et nerveuses, les servitudes physiques (il faut manger au plus fort du combat), le guignon, visage mesquin de la Fatalité ; l'indifférence sinon l'hostilité des autres pêcheurs, qui méprisent ce qu'ils prennent pour sa décrépitude ; les traîtrises de la mer (l'ouragan toujours possible) et la force d'un adversaire exceptionnel, ce poisson géant ; les accidents, ce couteau qui trahit ; les requins innombrables, d'une férocité démente ; et, pour ne rien oublier, jusque dans le dénouement, venus sottement à la rescousse, les touristes obtus.

Dans la nouvelle classique, une crise nodale marque le tournant décisif du récit qui fait passer de la péripétie montante à la péripétie seconde, qui, elle, conduit irrésistiblement au dénouement. Cette crise est généralement située au centre de l'histoire. L'originalité du *Vieil Homme et la mer* tient au fait que cette crise n'est pas aisément repérable ; le drame semble progresser de façon continue jusqu'au dénouement : la « mise à mort » morale du vieil homme à qui sa victoire est volée ; puis on revient à une situation étale, à une routine quotidienne, sur laquelle s'achève le récit. Où trouver donc la crise nodale, s'il en faut logiquement une, le point de non-retour ? Est-ce au moment où le pêcheur ferre le grand poisson ? Au moment où il le tue ? Ce sont certes deux moments de grande intensité dramatique. Mais le premier arrive un peu tôt, le deuxième un peu tard dans l'histoire, et leur belle symétrie réclame un axe. Peut-être est-ce le moment, au centre de la bataille, où Santiago a la prémonition de sa défaite finale : « Si les requins s'amènent... » (p. 79). Le vieux pêcheur a beau écarter la terrible pensée : la suggestion du danger fatal s'est glissée, imperceptible mais désormais présente. Le monstre, les dents de la mer, menacent désormais dans les profondeurs du récit, et l'empêcheront de devenir le Di Maggio de la pêche. Symétrie remarquable, qui décale le schéma codifié par les critiques : trois quarts du récit pour l'escalade du conflit, et le basculement dans la brutale descente, la catastrophe.

L'ÉCOULEMENT DU TEMPS.

Mais le lecteur qui lit pour le plaisir direct n'a guère conscience de cette composition et de cette dynamique subtiles. Le récit semble progresser de page en page par un processus d'autant plus simple que le narrateur ne se permet aucune perturbation de l'ordre chronologique ; l'épisode de la partie de bras de fer qui a fait Santiago champion n'est *flashback* que pour être inséré entre deux moments d'une partie homologue jouée contre l'espadon à la force de la poigne assistée de tout le corps. A y regarder de plus près on comprend toutefois ce que Hemingway voulait dire lorsqu'il parlait du contrepoint à l'œuvre dans ses récits. Outre sa structure dramatique, le récit est charpenté par au moins trois autres motifs : l'écoulement du temps pendant ces trois jours de lutte ; le déroulement de la bataille ; et le cours des pensées du vieux pêcheur, dans lequel interviennent les retours en arrière. Ces trois motifs très proches sont, cela est bien logique, parallèles — ou presque : c'est sur ce « presque » que se construit le contrepoint. En outre, la répétition de certains éléments leur confère une efficacité de leitmotiv.

D'abord les repères du temps cosmique. Ils sont distribués avec une régularité et une précision qui rappellent le minutieux journal de bord du premier roman, *Le soleil se lève aussi.*

Après une introduction synthétique de quelque vingt-deux pages, la pêche commence avant le jour, et après le coucher de la lune : le vieux pêcheur ne peut voir que les algues phosphorescentes, et ne distingue que les bruits des avirons ou le sifflement des ailes des poissons volants (p. 31) ; mais il sent bientôt poindre l'aube (p. 32). La première journée s'étend sur vingt pages, ponctuée des repères horaires, « midi », « quatre heures plus tard » (p. 51). On peut presque, à cet endroit, parler de retour en arrière, mais ce retour se fait par le biais du monologue intérieur, et interfère donc avec la troisième série : le vieil homme se rappelle qu'il a ferré l'espadon quatre heures plus tôt, à

Affiche du film de Steven Spielberg *Les dents de la mer* (1976), réalisé d'après le best-seller de Peter Benchley (1974). Ph. © Coll. Christophe L.-D.R.
Le requin, terrifiant mythe moderne.

midi. La première nuit commence avec le coucher du soleil (p. 52), et se termine huit pages plus loin : « c'était l'aube ». « Le premier rayon du soleil... » (p. 60) est d'ailleurs précédé par la pré-aube : « some time before day light » (mal traduit par « à l'aube », p. 57). Les nuits ont beau être aussi longues que les jours sous les tropiques, la contraction est à la mesure d'une activité bien diminuée.

La deuxième journée dure plus longtemps que la première : jusqu'à la page 87. A l'image exacte de l'épreuve de plus en plus longue, le nombre de pages croît, et aussi celui des notations qui ponctuent une journée qui n'en finit plus : « l'après-midi était déjà bien entamé » (p. 77) ; « quand le soleil se coucha » (p. 80) ; « peu avant la tombée de la nuit » (p. 85) ; « le soleil [pénétra] dans l'océan » (p. 85) ; « le soleil se couche » (p. 86) ; « il faisait nuit » (p. 87). La deuxième nuit passe, elle aussi, plus lentement que la première : il faut quatorze pages d'attente avant que le soleil ne se lève pour la troisième fois (p. 101) ; un lever de lune tardif empêche le vieux pêcheur de calculer exactement la durée de son repos (p. 90) ; puis les étoiles donnent toute leur clarté (p. 91, 93). Nouveau retour en arrière dans l'esprit du vieux pêcheur : « I did not hook the dolphin until almost sunset » ; on notera que la traduction, « je n'ai attrapé la dorade qu'après le coucher du soleil » (p. 94), rompt la successivité rigoureuse du décompte (« pas avant » ne signifie pas « après »). La lune est bientôt levée (p. 96) ; puis le vieux pêcheur guette la lueur qui précède le lever du soleil (p. 99).

Le jour le plus long, le troisième, s'étend sur trente-cinq pages, contre, rappelons-le, respectivement vingt et vingt-huit. C'est que le temps de l'action et de sa prise en charge mentale est distendu dans la conscience des difficultés : celle de la capture de l'espadon, mais aussi celle du retour impatient au port. La traque puis le retour sont jalonnés de repères : « deux heures plus tard »

(p. 102), puis le constat que la matinée s'avançant, « le soleil [...] chauffe » (p. 107) ; plus tard, sa position au zénith permet de faire le point, une fois le poisson tué : « Pas plus de midi » (p. 113) ; le vieil homme navigue pendant deux heures avant d'être attaqué par les requins (p. 126) ; « l'après-midi [touche] à sa fin » quand il se sent battu par un nouvel assaillant (p. 132) ; et aussitôt semble-t-il, quelques lignes de texte plus tard dans la même page, la horde se rue, mais c'est « à la tombée du jour » ; il faut donc que s'intercale entre-temps comme une panne de conscience. Le soleil se couche pendant que le vaincu se bat encore, (p. 135) ; et voici la nuit tombée, « in the dark now » (p. 136, traduit par « l'obscurité grandissante »). Les ultimes échanges de coups dans cette troisième et dernière nuit sont pointés « vers dix heures du soir » (p. 138) et encore « à minuit » (p. 139). Puis le temps articulé n'a plus d'importance ; simplement, quand le vieux pêcheur rentre, « tout le monde dort » (p. 142), le récit le constate cette fois moins chronologiquement que symboliquement. La vie reprend, quotidienne, étale, « le lendemain matin » (p. 143). Rien donc qui parachève spectaculairement le récit, en queue d'espadon, pour reprendre à Rovit sa métaphore.

Pour fastidieux qu'il soit, ce relevé donne la mesure de la minutie du décompte. Roland Barthes explique que ces informations pures — dans sa terminologie les « informants » — permettent de rendre réaliste le récit, d'« enraciner la fiction dans le réel[1] ». C'est le temps cosmique, l'aspect le plus manifeste de la nécessité universelle, mais subjectivement, l'homme le vit comme la durée, extensive ou contractée, de ses projets et

1. Roland Barthes, « Introduction à l'analyse structurale des récits », *Communications*, 8, 1966, pp. 1-7. *Poétique du récit*, Coll. « Points », Paris, Le Seuil, 1977, pp. 5-57.

de ses actes. Ce n'est plus là l'arithmétique des astronomes et des horloges.

LES TEMPS FORTS DE L'ACTION.

Deuxième motif : la série des moments intenses du drame, qui alternent avec les récits transitoires, d'intérêt amorti, et les monologues intérieurs. Ces événements et ces actes scandent l'action dans le crescendo de péripéties qui font monter le récit vers le duel épique, le soutiennent dans l'indécision prolongée de l'antagonisme, puis le jettent dans la catastrophe. On notera en outre que l'aventure en haute mer du héros est encadrée ostensiblement par ses deux conversations avec Manolin, la première pour servir d'impulsion, la seconde pour fournir l'épilogue ; la première est une sorte d'antirécit ironique ; la dernière est plus tendre parce qu'il faut bien vivre. On notera aussi une correspondance qui renforce la cohérence du drame, un écho entre deux craintes prémonitoires, symptômes inconscients de l'échec : crainte de tomber sur un poisson tellement « costaud » (p. 25, « great ») que le pêcheur ne saura le prendre, et celle, trop bien fondée, de l'intervention des requins (p. 79).

Mais une autre singularité dans la proportion des ensembles permet de mieux comprendre le contrepoint ; si l'on compare la série des repères chronologiques, séparés par des distances textuelles variables, et celle des moments forts, on voit que ceux-ci se ditribuent selon une cadence tout autre : l'armature de la chronologie externe se dilate régulièrement, on l'a remarqué, alors que la chronologie de l'imprévu, elle, est longtemps irrégulière — avec des intervalles dont l'inégalité capricieuse révèle que l'homme propose et que des forces obscures disposent.

Quinze pages entre le départ et la première émotion du « Ça mord » (p. 46) ; quatorze de midi à l'aube du second jour, entre l'attente qui tourne court (« rien ne se produisit », p. 49), et l'embardée soudaine du poisson invisible (p. 63) ; puis neuf pages — la matinée du second jour — avant d'arriver à l'apparition en surface de l'espadon (p. 72) ; puis vingt-quatre pages de duel aveugle, débordant l'après-midi du deuxième jour jusqu'à la fin de la nuit suivante, au moment où commencent les bonds prodigieux de la bête (p. 96) ; dix pages plus loin, le poisson refait enfin surface (p. 106) ; cinq pages plus loin, il meurt ; six pages d'euphorie trompeuse, brutalement démentie par l'attaque du requin Mako (p. 117) ; cinq pages entre le coup mortel qui lui est assené (p. 121) et l'arrivée des deux *galanos* (p. 126) ; deux pages seulement entre leur mise hors de combat (p. 129) et celle du suivant (p. 131) ; déjà les deux autres surgissent à la page suivante ; ils sont assommés p. 134 ; le vieux pêcheur navigue désormais avec sa prise à moitié dévorée : répit de cinq pages, avant la curée en vue de La Havane : « tout était fini » (p. 139). Il ne reste plus au vaincu qu'à rentrer au port, une page suffit (p. 141) ; il ne lui en faut pas plus d'une autre pour rejoindre sa cabane. Tout est consommé. La péripétie de catastrophe est celle de répits de plus en plus courts à des assauts de l'ennemi de plus en plus rapprochés ; quand elle prend fin avec l'évidence de l'échec, le récit ne fait plus que courir sur son erre pour s'arrêter en quelques lignes, lui aussi exténué.

L'ÉVOLUTION DU VIEIL HOMME.

Le troisième motif correspond à la vie intérieure du vieux pêcheur.

Peut-on parler d'évolution ? E. Rovit remarque avec raison que Santiago fait partie des héros qu'il appelle « tutors », mentors, qu'il rapproche d'un autre vieil homme, celui de la nouvelle « Le vieil homme près du pont » et du héros de « L'Invincible », que nous avons déjà évoqué comme un modèle probable. A la différence des nombreux adolescents de l'œuvre de Hemingway, qui apprennent douloureusement à devenir eux-mêmes, ces vieux héros ont déjà depuis longtemps, dès le début du récit, atteint la plénitude de leur maturité ; cette question sera traitée plus précisément avec l'étude du personnage de Santiago.

Si le thème essentiel du récit est, comme dans la plupart des récits de ce genre, une quête, cette quête ne peut être pour le vieux pêcheur la recherche de lui-même : il est né pour être pêcheur, dit-il (p. 57), pêcheur il est depuis toujours. Mais quand il prend la décision d'en finir coûte que coûte, avec quatre-vingt-quatre jours de pêche sans la moindre prise, il répond à une sorte de signe indigné que lui fait ce qu'il y a de meilleur en lui : il faut qu'il fasse la preuve qu'il est resté le champion. Sa quête fait de lui non un pêcheur typique mais l'archétype du héros combattant, vainqueur jusque dans la défaite que lui inflige scandaleusement le sort. Les notations du narrateur, à qui le genre permet de tout savoir et de tout faire savoir des pensées du vieil homme, et surtout le procédé du monologue intérieur, s'interposent partout où rien de nouveau ne se produit, et remplissent les passages à vide de l'action. Le contrepoint se complète ici de deux registres dans lesquels alternent les pensées et les sentiments. Le vieux pêcheur « pense à ce qu'il fait », et le commente ; il aime, souffre, désespère, et il le dit.

LE FLUX DES RÉPÉTITIONS.

Les entrelacs de ces trois séries entraînent émergences, intermittences, récurrences de leurs thèmes et motifs respectifs, dont la répétition accuse l'importance. L'étude du style, de l'écriture originale proprement dite, nous amènera dans un autre chapitre à insister sur ce procédé auquel Hemingway recourt systématiquement. Mais dès à présent, l'analyse des structures narratives demande qu'on signale les principales séries répétitives qui s'étendent d'un bout à l'autre du récit, renforçant pour le lecteur l'intelligibilité de l'essentiel.

Ainsi pour le base-ball et son champion génial, Di Maggio (pp. 24, 44, 78, 114, 122, 124) ; pour le rêve des lions et des rivages d'Afrique (pp. 27, 77, 95, 149) ; pour le jeune garçon dont l'absence dans la barque est sans cesse regrettée (pp. 50, 53, 56, 59, 64, 71, 97, 125, 135) ; pour les mains qui souffrent (pp. 64, 65, 66, 71, 73, 100, 104, 136, 147) ; pour les limites confuses du rêve et de la réalité (pp. 116, 117, 119, 131, 140) ; pour la chance (pp. 9, 10, 14, 18, 137, 146). Un autre thème enfin sous-tend toute l'œuvre : le conflit, déjà si frappant dans les premiers romans, entre la lucidité nécessaire et la peur de penser (pp. 51, 53, 64, 122, 124, 130, 131, 136, 137, 140). On ne cite là que les thèmes dont la récurrence est ostensible, et signifie l'obsession ; on pourrait aussi détecter celui de la prière, de la souffrance, des oiseaux, et, naturellement, du ciel et de la mer...

Tout par là devient solidaire, et comme participant d'une homogénéité cosmique. C'est pourquoi le récit a l'air si simple, coulant d'une seule venue. Simplicité de surface, sur laquelle est portée l'attention du lecteur. Mais c'est à une complexité savante, celle de la masse du flux narratif et de ses veines, qu'est due la simplicité souveraine — osera-t-on dire homérique ? — du tout.

5. PROTAGONISTES ET THÈMES

Construction simple, mais qui satisfait aux exigences esthétiques de tous les lecteurs. L'impression d'une maîtrise narrative se confirme-t-elle quand nous abordons l'étude des « effets personnages », et, à travers eux, du message offert par le livre ?

On peut être incité à le créditer de ce mérite, au vu des interprétations que proposent les critiques : c'est qu'il semble difficile à la plupart d'entre eux de s'en tenir, même pour un texte aussi « simple », aux significations psychologiques immédiates. Cette fructueuse recherche des arrière-sens a de quoi prévenir en faveur de l'ouvrage.

Une analyse de la surface pourrait cependant se réclamer de Hemingway lui-même : si l'on a pu, remarquait-il, trouver des explications symboliques à son livre, c'est qu'il est assez riche pour permettre à ceux qui s'y complaisent d'en trouver ; mais, ajoutait-il, le véritable secret du livre, c'est qu'il est sans secrets, sans double fond : la mer est la mer et le vieil homme est un vieil homme. Ce qui fut ainsi traduit et nuancé dans un placard publicitaire : « Nul véritable artiste ne procède par symboles ou par allégories — et Hemingway est un véritable artiste — mais toute véritable œuvre d'art exhale symboles et allégories. » Commençons par donner toutes ses chances à la naïveté littérale du texte, à l'effet personnage direct ; il restera à chercher à comprendre, dans le chapitre suivant, ce qui a pu permettre aux exégètes de mettre en concurrence tant d'interprétations symboliques — mais un critique voit-il finalement dans le miroir d'un texte autre chose que son propre visage ?

LES AVENTURES D'UN VIEIL HOMME.

Un premier résumé de l'histoire incite à voir dans ce vieil homme un personnage entièrement positif. Ce n'est pourtant qu'un pauvre pêcheur. Mais le fait qu'il n'est qu'un homme ordinaire, presque anonyme, pris parmi des milliers d'autres dans la grisaille, et non, comme le voulait Aristote, l'un des grands de ce monde, c'est peut-être ce fait qui donne à son histoire une autre universalité tout aussi classique, qui n'a besoin pour plaire que de susciter la « pitié », et non une « crainte » mesurée sur la hauteur dont sont précipités princes et demi-dieux.

L'appellation du vieil homme le maintient dans un état proche de l'anonymat : le refus de précision dans les noms de personnes, de lieux ou de temps contribue à donner au récit la dimension d'une tragédie grecque[1]. On notera que le nom propre du vieil homme n'est donné que deux fois dans le dialogue : d'abord quand le jeune garçon s'adresse à lui, tout au début (p. 10) — procédé classique d'exposition qui permet de donner au héros un minimum d'identité ; et presque à la fin, lorsque Manolin fait demander aux pêcheurs de ne pas déranger le héros qui n'est plus qu'un individu (p. 144). Notons encore que dans la narration, il

1. Cf. Roger Asselineau, 1972, p. 50.

accompagne le titre « Santiago El Campeon »
(p. 81).

En outre ce n'est pas un jeune premier,
ni un homme mûr, mais un vieillard. Ce
genre de personnage n'est pas tout à fait
nouveau dans l'œuvre de Hemingway :
qu'on pense aux vieillards des nouvelles
« Un endroit propre et bien éclairé », ou
« Le vieil homme près du pont », ou
encore au comte Greffi dans *L'Adieu
aux armes*. La vieillesse ne hante guère
ses héros, qu'il réserve à l'affrontement
de la mort violente dans une « heure de
gloire » prématurée. Si Hemingway lui-
même s'était fabriqué un personnage de
« vieux de la vieille » à barbe de
patriarche, on sait bien que c'était aussi
en refusant de vieillir.

Le héros éponyme du livre est donc ce
« vieil homme » : on nous le répète assez,
et lui tout le premier dans le récit. Le
personnage du jeune Manolin, le rêve
des lions remontant du fond de la jeunesse du vieux bourlingueur, sont en
partie conçus pour contraster avec la
sénilité présente. Mais à la force orgueilleuse de la jeunesse, cette sénilité-là sup-
plée la force de l'humilité, de l'expérience, et d'une ténacité de sage : « je
connais des tas de trucs et je suis têtu »
(p. 26). Malgré les rides profondes qui
ravinent sa face, et même si en lui, tout
en lui est vieux, sauf ses yeux bleus,
joyeux, au regard indomptable[1], il ne
donne en rien l'impression d'un homme

1. La version an-
glaise emploie le
terme « undefea-
ted » comme dans
la nouvelle du
même titre, mais il
est sous-traduit
par « brave ».

accablé par l'âge, tout près du trébuchement dernier. Fait « étrange » — un terme dont on verra la valeur —, ses épaules et son cou sont toujours athlétiques (p. 20). Étrange vieillesse... Son combat avec l'espadon géant donne à l'expression banale de « force de l'âge » une bien curieuse extension.

Aussi ce « vieil homme » est-il en fait une sorte de personnage hors du temps, en qui l'âge accroît moins la fragilité physique qu'il ne sert à rehausser le pathétique, le tragique, l'héroïsme du « solitaire » — on pense à l'application du terme à certains fauves, plus redoutables que jamais — aux prises, comme la plupart des héros de Hemingway, avec une épreuve hors du commun.

LA MORT...

On peut même aller plus loin dans l'interprétation de cette exaltation du plus haut risque : la mort comme partenaire mythique hante toute l'œuvre de Hemingway, représentant d'une « génération perdue ». Et *Mort dans l'après-midi* n'est traité de tauromachie que pour célébrer, dans la mise à mort rituelle du toro, les amours sacrificielles du torero et de la mort. On pourrait suivre l'obsession d'œuvre en œuvre jusqu'au *Vieil Homme et la mer*. Et cette fois, moins que jamais banal destin de toute vie, la mort est regardée en face, comme « la sublimation plus que jamais

BORIAΣ

Ulysse sur son radeau fait de deux vases flottant sur les vagues de la mer. Peinture d'un vase béotien, Vᵉ siècle apr. J.-C. Ashmolean Museum, Oxford. Ph. © E. Lessing/Magnum. Un mythe odysséen.

Gravure du XVIᵉ siècle. Ph. © Bulloz.
« Il aimait beaucoup les poissons volants ; c'était, pour ainsi dire, ses seuls amis sur l'océan. »

irrationnelle » de la défaite (Weeks, *in* Weeks, p. 158).

1. *In* Beebe, pp. 57-79.

« Le matador et le crucifié », étude de Melvin Backman[1] qui s'applique à définir l'originalité du personnage du vieil homme, comporte dans son titre une double évocation de la mort. La mort est bien au centre du livre. Mais ce n'est pas la mort physique du vieux pêcheur. C'est la mort « donnée » au poisson, semblable à celle qui est « donnée » au taureau. Mais c'est aussi la mort d'un grand rêve ; et à la différence de *Mort dans l'après-midi*, ce n'est pas la mort triomphant au centre de l'arène, mais la mort triomphant en haute mer.

LA MER...

Santiago est pêcheur ; il aime la mer et la vie grouillante qui la peuple ; les poissons, comme les oiseaux, sont ses amis farouches en même temps que ses proies, il a avec eux des corps-à-corps d'amant entre ciel et océan, sous le soleil ou les astres. On a pu parler d'une mystique franciscaine inspirant le rapport de l'homme à la création extra-humaine. La mer, lice des captures athlétiques, est aussi lieu édénique du bonheur simple.

Le livre doit ses plus belles pages à certains tableaux décrivant le départ des marins dans la nuit (p. 31) ou à telle nature morte, grappe d'appâts (p. 34), dorade dépecée, « blême et lépreuse » à la lumière des étoiles (p. 92), lignes plongeant obliquement dans les eaux sombres (p. 36), gros plan d'une méduse d'un pourpre irisé près d'un banc d'herbes des Sargasses jaunes (p. 39), superbe espadon zébré de mauve et de lilas (p. 72), dorade qui saute, « lingot d'or dans le soleil rasant » (p. 84), requin Mako, d'une effrayante splendeur (p. 118), enfin et surtout, le prodigieux décor de la mer et de son ciel, ondulations calmes des eaux violettes, traversées en profondeur de prismes de lumière, sous un ciel où, comme des montagnes neigeuses ou de gigantesques gâteaux crémeux s'entassent les nuages amis (pp. 45, 71), nuit étoilée sur l'obscurité océane striée de phosphorescences (p. 92), ou lueur subtile qui est l'aube de l'aube (p. 99)... On retrouve le même bonheur — aux deux sens du terme — avec lequel Hemingway décrivait « les vertes collines d'Afrique » et les antilopes, les koudous, les buffles qu'il a admirés et chassés.

Cette présence étonnamment sereine, sacrée, de la nature, se prête admirablement aux effets de la tradition épique : on retrouve les décors de l'*Odyssée*, du « Vieux marin », de *Moby Dick...*, de tous ces récits où, à travers cette immensité à la fois traîtresse, fertile et stérile, aimée mais capable d'inspirer la terreur, un homme part en quête des secrets inconnus et inconnaissables du monde et de lui-même. En voulant faire un « roman de la mer », Hemingway était conscient des capacités poétiques de ce décor. Il en insère l'explication lorsqu'il apprend au lecteur le double genre grammatical du mot *mar* en espagnol : masculin pour les pêcheurs qui vont risquer leur vie pour la gagner (« ils en font un adversaire, un lieu, même un ennemi »); mais féminin pour ceux qui sont restés plus près du rapport de l'homme et de la mer, « comme s'il s'agissait d'une femme », se prêtant à l'acte d'amour nostalgique, irresponsable, généreux ou violent, avec la déesse mère (pp. 32-33)[1]. On comprend que pour Hemingway elle soit le rendez-vous des mâles exclusivement, qui s'adonnent dans la rudesse virile d'une noble fraternité au rituel de la capture qui tue. L'idée n'est pas explicite dans *Le Vieil Homme et la mer*, puisque le vieil homme, pêcheur solitaire par nécessité, ne la suggère qu'en regrettant l'absence du gamin son ami ; mais cette suggestion prend tout son sens quand on la rapproche du récit de la partie de pêche en Espagne du *Soleil se lève aussi*, où deux amis américains et même un étranger — anglais en plus ! — se retrouvent dans une chaleureuse communion sportive.

LE RITUEL.

À la différence de ces seigneurs de la pêche sportive, le vieil homme est un travailleur de la mer, par nécessité autant que par vocation et passion (pp. 57, 124). Il pêche pour se nourrir et nourrir les autres (p. 124). Nécessité vitale à

1. Voir Dossier, p. 221.

laquelle il obéit au péril de sa vie (p. 125) : à aucun moment il ne pense à couper la ligne qui le lie si dangereusement au grand poisson. Il fait son métier en vieux professionnel, consciencieusement, mais avec la sûreté d'un instinct d'animal chasseur. Hemingway le présente avec une sympathie admirative s'acquittant de toutes ses tâches comme un officiant fait d'un rituel : préparant ses lignes, levant les filets d'un poisson, sacrifiant comme par réflexe ses lignes secondaires à l'allongement de la ligne principale qui a ferré le géant. Routine, réflexe, intelligence, passion scrupuleuse d'un Devoir se confondent, jusqu'au souci final de tuer « bien » (p. 125). Dans ce comportement, on retrouve les matadors de *Mort dans l'après-midi* et de « L'Invincible », mais aussi tous les héros de Hemingway, guerriers et chasseurs, et aussi artistes, qui n'ont d'autre passion que d'exceller dans leur métier et d'aller toujours plus loin dans leurs prouesses.

SOUFFRANCE ET SOLITUDE.

On a évoqué l'analyse de Backman qualifiant Santiago de matador et de crucifié. Ce second terme le projette dans une passion (jouons sur le mot) évangélique dont pour l'instant on ne considérera que l'aspect humain, psychologique : Le vieux pêcheur est un homme solitaire, et sa quête, qui doit l'arracher à sa solitude et lui promet une sorte de duel amou-

reux mythique, le fait passer classiquement par l'épreuve de la douleur.

La solitude du vieil homme est annoncée d'emblée,
dès la première phrase du livre. Solitude imposée
par la dureté des circonstances : le père du jeune
Manolin refuse que son fils continue d'aider un
pêcheur *salao* (p. 9). Mais cette solitude, on la
devine aussi ascèse, condition nécessaire d'une
épreuve qui ne peut être affrontée qu'individuelle-
ment. L'important est que celui qui est destiné à
cette épreuve soit profondément conscient de sa
solitude, en éprouve la souffrance ; d'où le thème
discret, mais présent, dans ce monde sans femme,
du deuil conjugal (les manuscrits révèlent la tentation de traiter ce thème avec plus d'insistance) ;
d'où, en mer et dans l'épreuve, le regret ressassé de
l'absence de Manolin (huit évocations, pp. 50,
53-54, 56, 59, 64, 71, 76, 97), regret qui cesse d'ailleurs de se manifester au moment précis où
commence le véritable corps-à-corps.

Il faut aussi noter que, grâce à Manolin, Santiago est le seul des héros auquel Hemingway
n'inflige pas une fin solitaire : c'est sans doute
parce que « le gamin, assis à côté de lui, le
[regarde] dormir » que l'histoire du vieil homme
s'achève sur un songe heureux. La tendresse de la
conclusion n'est pas due à l'amour d'une femme,
mais à l'affection d'un adolescent. C'est aussi un
fantasme très révélateur de l'écrivain lui-même, en
l'automne d'un « *Papa* » désormais plus sensible
aux douceurs de la jeunesse qu'aux charmes dangereux de la féminité.

On remarquera, couplé avec ce thème de
l'individu solitaire, celui, dans un arrière-
plan lointain, de la solidarité, de l'activité
du groupe, représenté par Di Maggio,

Goya : *Tauromachie.* Musée du Petit-Palais, Paris. Ph. © Bulloz.
Réussir la mise à mort. « Il frappa sans se faire d'illusions, mais avec la volonté de tuer et toute la haine possible. »

héros d'un sport d'équipe. Outre le fait qu'il offre à Santiago et à Manolin un sujet de conversation « entre spécialistes », le thème occupe la conscience du vieux pêcheur dans ses pires moments d'épreuve. Il n'est pas facile, pour le lecteur moyen de Hemingway, d'entrer dans le monde qu'il réserve aux vrais spécialistes. On sent bien le plaisir que suscitent chez les protagonistes ces discussions techniques : elles les situent automatiquement dans un monde réservé à la virilité ; en outre, dans le cas de Santiago et de Manolin, séparés par au moins une génération, elles font partie d'un rite d'initiation qui n'est pas limité au seul monde de la pêche.

Di Maggio est, pour Santiago et Manolin, doublement un héros. Il a, paraît-il, une déformation douloureuse du talon (transformé en « talent » par une coquille malheureuse, p. 79), d'autant plus impressionnante que mystérieuse, dont la pensée obsède Santiago. Le lecteur, lui, pense à Achille, héros surhumain et vulnérable en ce même point de son corps. Mais sa souffrance n'empêche pas Di Maggio d'être un dieu du base-ball ; par là il est, aux yeux du vieux pêcheur, un modèle qui vaut tant pour sa propre peine que pour son métier.

Le thème de la solitude et de sa face lumineuse, l'individualisme héroïque, nous conduit au centre de la morale de Hemingway. On le trouve dès le premier recueil de nouvelles, *De nos jours* : la vie est un combat solitaire, au milieu d'une société avec laquelle, depuis *L'Adieu aux armes*, le héros de Hemingway a, au mieux, conclu une paix séparée. Un moment, dans les années trente, l'auteur a été tenté de rejoindre des frères d'armes et d'affirmer la nécessité de la solidarité : « Nul homme n'est une Isle complète en soy-mesme ; tout homme est [...] une part du tout. [...] Ainsi donc n'envoie jamais demander : pour qui sonne le glas ; il sonne pour toi. » La phrase de John Donne, placée en épigraphe au roman qui lui emprunte son titre, semblait consacrer une position déjà clairement indiquée dans *En avoir ou pas*, un autre roman des Caraïbes, dont le héros, Harry Morgan, reconnaissait, au moment de mourir, l'inanité de son individualisme : « De quelque façon qu'il s'y prenne un homme seul est foutu d'avance » (*EAP*, p. 241). Faut-il pour autant voir dans Santiago Harry Morgan ressuscité et devenu vieux ? Sans doute ce besoin de rude solidarité n'est-il pas totalement évacué du livre : le groupe des lions qui jouent comme des chats sur les plages d'Afrique et ont chassé du sommeil de Santiago les rêves de conquêtes violentes, de femmes et d'orages, est un fantasme heureux, édénique (p. 77), mais ce fantasme reste captif du sommeil. Di Maggio est l'incarnation héroïque du coéquipier, mais il appartient à un monde lointain qui se confond avec celui du rêve ; et Manolin enfin est le compagnon idéal, le fils d'adoption, le disciple, mais il est absent au moment de l'épreuve. Santiago a beau affirmer que « nul n'est jamais complètement seul en mer » (p. 70), c'est bel et bien tout seul qu'il va jusqu'au bout de sa quête et engage le combat.

LA QUÊTE.

Encore faut-il préciser l'enjeu, la nature de cette quête et de ce combat. C'est ici que se multiplient les interrogations, et les réponses variées des commentateurs. Que signifie le combat héroïque du vieux pêcheur ? Le Graal qu'il acquiert, en tuant le poisson, c'est bien plus que le poisson, c'est la conscience de sa vérité et de sa valeur, c'est lui-même parvenu au plus haut degré de ses vertus. Mais la récompense c'est aussi, a-t-on dit, de frôler l'éternité, ce « maintenant perpétuel » qui lui permettrait d'échapper à une durée ennemie. Ferré de son côté du filin, il fait l'expérience d'un antagonisme que le texte incite à interpréter comme une communion cosmique. S'y mêlent, dans l'exaltation de posséder ce qu'on capture, les identités du pêcheur et de sa proie. Expérience incommunicable, à jamais hors de portée de la compréhension du troupeau, les touristes, et même des connaisseurs, les pêcheurs et Manolin qui n'ont sous les yeux, comme faibles indices du combat, qu'un squelette insolite. Le vieil homme lui-même ne peut rester longtemps à la hauteur de l'épiphanie, de ce « quelque chose de bien étrange » (p. 116) caché dans l'avatar du poisson : c'est un humble pêcheur, et ce n'est qu'un être humain, comme l'a précisé Hemingway, désireux de ne pas laisser son récit déraper trop loin dans l' « étrange ».

LA DÉFAITE.

Sans doute fallait-il payer cette sorte d'orgasme sacré de la capture : la frustration ne tarde guère, car « le gagnant n'emporte rien ». Ironie d'un sort sans visage, plus brutale encore que l'incompréhension des autres pêcheurs.

Le désastre qui réduit à rien, ou presque, la victoire du héros, vient des fauves de la mer, les requins qui mettent en pièces l'énorme capture. Les requins, prédateurs naturels de l'océan, sont aussi ressentis comme porteurs du mal, de la destruction que ramène la temporalité retrouvée ; en cela ils sont l'équivalent presque exact des vautours qui guettent la mort de l'écrivain dans « Les Neiges du Kilimandjaro » ; ils sont légion, et complexes comme dans le diable, car le premier au moins, le requin Mako, est, à la différence des autres charognards, beau, sans peur, intelligent, et noble ; ses dents « ressemblent à des doigts d'hommes crispés comme des serres » (p. 118), image, on peut le remarquer, employée par le vieux pêcheur lui-même

...erai à la hauteur du grand Di Maggio qui sait tout faire épatamment [...] savoir si il se bonnerait à un poisson aussi longtemps que moi ? »

pour qualifier sa propre main crispée par la crampe (p. 66); et il chasse exactement comme le vieux pêcheur qui se croit tenu de justifier son propre geste par le fait qu'il était en état de légitime défense et qu'il l'a « bien » tué, avec respect et sans peur (pp. 124-125). On a pu s'interroger sur la signification possible de ce *dentuso* exceptionnel. Mais pour grand seigneur que soit ce premier voleur de butin, les autres ne sont que meute de brutes d'une voracité suicidaire, et leur attaque ne laisse aucun doute sur la victime : « [rêvez] que vous avez tué un homme », s'écrie le vieux pêcheur après avoir craché le sang de la défaite (p. 140). Il se bat pourtant avec le déchaînement tragique du désespoir, mais sa souffrance n'est plus seulement physique. Elle est crise d'un cœur simple, d'une bonne volonté qui comprend mal le scandale dont elle est la victime.

QUELLE FAUTE ?

L'attaque des requins est une fatalité dont le pêcheur expérimenté devait prévoir le risque (p. 79) et qu'il s'explique d'abord par un recours amer à un cliché pessimiste : « C'était trop beau pour durer » (p. 119). Mais il s'interroge : de quoi est-il puni, quelle faute, quel « péché » commis même par inadvertance, peuvent bien justifier sa dépossession ? La haine ? Santiago a dit sa pitié (p. 54), son respect (p. 62), son amour même (p. 62) pour le poisson son ami (p. 87), son frère (p. 68), qu'il doit tuer, parce que l'un est poisson, l'autre pêcheur (p. 57), mais à sa proie l'unit une telle sympathie (pp. 57, 67) qu'il est indifférent que ce soit le pêcheur qui tue l'espadon ou l'espadon qui tue le pêcheur (pp. 108-109). On peut même penser que de cette extraordinaire empathie naît la conscience d'un crime contre nature : « Ce poisson-là, tu l'aimais quand il était en vie, et tu l'as aimé aussi après. Si tu l'aimes, c'est pas un péché de l'avoir tué. Ou c'est-y encore plus mal ? » (p. 124). Ce n'est pas non plus l'orgueil classique. Le vieux pêcheur est manifestement modeste dans l'idée de lui-même jusqu'à l'humilité. Il n'a en lieu d'orgueil que cet honneur, ce *pundonor* que l'artiste admire tant chez les Espagnols, qui oblige à s'en tenir à sa parole et à sa décision, à sa nature. Mais c'est précisément par *pundonor* qu'il admet avoir tué le poisson : « Tu l'as tué par orgueil. Tu l'as tué parce que t'es né pêcheur » (p. 124). Jusqu'où donc peut mener la logique de ce *pundonor* ? « Trop loin » (p. 137), admet le vieil homme. La traduction reprend exactement le jeu de mots. Trop loin dans la mer. Mais aurait-il jamais rencontré le grand poisson s'il ne s'était point aventuré si au large ? N'est-ce pas le poisson qui l'y a entraîné ? Qu'a-t-il fait d'autre que son métier de pêcheur, pour lequel il était né ? Trop loin dans l'ambition ; la réflexion qui suit, sur la « veine » qui ne s'achète pas, et qu'il ne faut pas tenter, peut suggérer au lecteur le thème classique de l'*hubris,* la faute qui déchaîne la divinité vengeresse sur un Œdipe à peine moins irresponsable que Santiago. Il doit rentrer dans le rang, sous le joug commun au troupeau du temps, du déclin, de la mort, l'imprudent pêcheur qui a tenté de pénétrer au-delà des limites possibles du permis. On peut d'ailleurs trouver quelque peu mélodramatique — pour ne pas soulever la question de la vraisemblance — l'emphase maladroite du vieil homme, que la traduction affaiblit (p. 57) : « His choice had been to stay in the deep dark water far out beyond all snares and traps and treacheries. My choice was to go there to find him beyond all people. Beyond all people in the world. »

UNE FIN MALGRÉ TOUT SEREINE...

Quand le vieil homme rentre au port, c'est pour y retrouver les travaux et les jours de la vie quotidienne, mais aussi Manolin, et même quelque espoir. Il est vrai qu'il n'est pas tout à fait vaincu ; ou, s'il l'est dans son projet, il ne l'est ni dans sa dignité — d'après Carlos Baker, un des titres provisoires de l'œuvre était « la dignité de l'homme » — ni dans sa détermination : il a appris dans la souffrance, il a compris qu'aller trop loin est une imprudence dont il faut payer le prix. Est-ce, comme le soupçonnait déjà le héros du premier roman, *Le soleil se lève aussi*, le commencement d'une réponse à une autre question : « Peut-être, en apprenant comment vivre, pourrait-on finir par comprendre ce qu'il y a en réalité au fond de tout cela » (*SLA*, p. 168) ? Il est significatif que l'auteur ait choisi de quitter son héros endormi non loin de Manolin et retrouvant son rêve fidèle des lions, qui sont joie, énergie, jeunesse et vie.

Les lions sont-ils symboles non seulement de jeunesse et d'innocence mais encore d'immortalité ? Ces animaux royaux jouent, dans le texte original, sur des plages dorées mais également blanches, « so white they hurt your eyes » ; Philip Young rapproche ce détail de l'étrange épigraphe de la nouvelle « Les Neiges du Kilimandjaro », évoquant le sommet « incroyablement blanc » de la grande montagne africaine — surnommée « la Maison de Dieu » par les indigènes — où gît la mystérieuse carcasse d'un léopard, dans une pureté d'au-delà de la mort, but magique de l'artiste en quête d'absolu après une vie de chances gâchées... (Young, p. 127).

La vie est donc un songe... De là vient l'accord général des critiques sur le constat que *Le Vieil Homme et la mer* est le livre le plus serein de Hemingway. Et cela expliquerait aussi son succès auprès des lecteurs qui cherchent un réconfort dans la lecture : dans un monde voué à la destruction, à la mort, à des lois aussi incompréhensibles que cruelles, à des

Paul Nash : *Suivez le Führer au-dessus des nuages*, 1942. Ph. © Imperial War Museum, Londres.
Le requin, incarnation du Mal.

Gustave Moreau : *Phaéton*. Musée du Louvre, Paris. Ph. © Bulloz.
Tel Icare ou Phaéton, le vieil homme s'est attaqué à l'Univers. « Je regrette bien d'être allé si loin. Ça nous a perdus tous les deux. »

rapports de forces implacables, il y a place du moins pour une morale du courage. Une vitalité s'affirme dans le respect des règles et de la nature, le courage, et la croyance que quel que soit le résultat de l'effort, « l'homme ne doit jamais s'avouer vaincu. Un homme, ça peut être détruit, mais pas vaincu » (p. 121). La sortie du livre en France est contemporaine de ce qu'on a appelé l'existentialisme, et il semble compatible avec cette philosophie de l'absurdité ontologique et d'un désespoir répondant à cette absurdité par une morale de la liberté et de la responsabilité : pour Sartre aussi « la vie commence de l'autre côté du désespoir ». Religion de l'homme, qui ne dépasse pas les limites de ce monde, et qui n'est nullement incompatible avec le transcendantal. Message où l'on peut retrouver un nouvel avatar du stoïcisme et pourtant ressenti, dans *Le Vieil Homme et la mer* comme posant plus de problèmes ; d'où le nombre d'interprétations qu'on lui superpose.

On pourrait aussi reprendre l'analyse des protagonistes suivant le schéma mis au point par A. J. Greimas dans sa *Sémantique structurale* (1966, nouvelle édition, PUF, 1986). Le pêcheur serait le « sujet », poussé par la pulsion orgueilleuse (le « destinateur »), et ainsi investi de la mission de porter le poisson exceptionnel (l' « objet ») à la collectivité (« destinataire ») qui lui conférerait la gloire. Nous avons dans le chapitre précédent énu-

méré les auxiliaires (« adjuvants ») et les adversaires (« opposants »).

6. D'UNE INTERPRÉTATION L'AUTRE

LE SYMBOLISME CHRISTOLOGIQUE.

« On n'a jamais écrit aucun bon livre en collant dedans des symboles tout prêts. Ce genre de symbole se remarque comme les raisins secs dans le pain au raisin. Le pain au raisin, c'est bon, mais le pain tout simple c'est encore meilleur », déclarait Hemingway dans le *Time*, à propos du *Vieil Homme et la mer* (*Time*, 64, 13 décembre 1954, p. 72). Par cette boutade, Hemingway semble de lui-même abandonner son chef-d'œuvre à d'ombrageuses critiques : nombreux en effet ont été ceux à qui les images christiques du livre ont agacé les dents.

Pourtant dans le milieu cubain populaire où est située l'histoire, les élans de religiosité du vieil homme ne sauraient surprendre. Sa cabane, pour austère qu'elle soit, s'orne, comme il se doit en ce pays catholique, des chromos du Sacré-Cœur de Jésus et de la Vierge de Cobre, auxquels le veuf a joint, comme il se devait encore, la photo de sa femme disparue. Le bon Dieu et son fils — que ce saint nom de Jésus soit devenu ou non une interjection vide (p. 76) — sont régulièrement invoqués pour leur aide ou miséricorde, ou pris à témoin dans les moments critiques (pp. 61, 64, 69, 72, 73, 79, 103). Une fois l'espadon aperçu dans sa monstruosité, Santiago fait vœu, s'il le capture, d'un pèlerinage à la Vierge de Cobre, et se met à réciter dix *Notre Père* et dix *Je vous salue Marie;* il en promet cent quand ses forces l'abandonnent (p. 103). Mais, c'est lui-même qui se l'avoue, il n'a pas le sentiment religieux bien profond (pp. 74-75), et ses prières sont débitées de façon toute mécanique. Son *Je vous salue Marie,* Hemingway le lui fait dire non seulement pour qu'il glisse par une jolie naïveté de la mort de nous tous, pauvres pécheurs, à celle du grand poisson ; c'est aussi pour que le lecteur, pour peu qu'il soit familier de la manière de l'écrivain, devine par-dessous une fraction cachée de l'iceberg : l'écho d'une autre prière, elle aussi récitée *in extenso* dans une de ses nouvelles, « Un endroit propre et bien éclairé », où l'on voit un vieux garçon de café, dans le désespoir de sa solitude, proférer la parodie sacrilège du *Pater noster.*

« Notre nada qui êtes au nada, que votre nom soit nada, que votre règne nada, que votre volonté nada sur le nada comme au nada. Donnez-nous aujourd'hui notre nada quotidien. Pardonnez-nous nos nadas, comme nous pardonnons aux nadas qui nous ont nada. Ne vous laissez pas nada à la nada et délivrez-nous du nada, pues nada. Je te salue néant, plein de néant, le néant est avec toi. »

Il n'est pas abusif de rapprocher les deux prières, et d'en tirer l'indice d'un correctif, d'une compréhension souriante pour le pragmatisme de l'incantation.

Pas de « raisins secs » jusqu'ici. Mais dans la dernière partie du récit, le ton change quand vient l'effroyable épreuve du vieil homme. Quand Santiago aperçoit les deux requins, le narrateur lui prête une exclamation qu'il accompagne d'un commentaire parfaitement allusif pour tout lecteur de l'ancien et du nouveau monde, pour qui l' « Histoire sainte » a été catéchisme dès l'enfance.

« Ay, s'écria-t-il. Ce mot est intraduisible ; peut-être n'est-ce qu'un son, une de ces exclamations qui vous échappe malgré vous, quand un clou vous traverse la main et s'enfonce dans le bois[1]. »

Ce n'est pas évidemment une allusion à un accident professionnel de bricolage ; la main clouée est ici celle du Christ crucifié. On a évoqué au chapitre III le Christ stoïque de la pièce « C'est aujourd'hui vendredi », frère du mécréant Manuel de « L'Invincible ». Le vieil homme est proche d'eux. Et ce rapprochement devient insistant dans l'épilogue : quand le vieil homme rentre chez lui, c'est en chancelant sous le poids de son mât. Lui aussi tombe à plusieurs reprises. Et s'il finit par s'endormir, c'est les bras en croix, paumes levées vers le

1. La traduction, en introduisant un « vous » absent de la version originale, donne l'impression que le narrateur s'adresse au lecteur dans une sorte d'aparté.

ciel (pp. 142-143). La suggestion est alors si évidente que le lecteur, à présent alerté, revient sur des détails sur lesquels il avait passé sans soupçonner leur double sens. Par exemple cette main si profondément entaillée par la ligne (p. 65), ou cette façon, au plus fort de son épreuve supplice, de se caler « contre le bois du mieux qu'il put » et de prendre « son mal en patience » (p. 74). Et c'est ici qu'un doute vient à l'esprit, fût-il le plus disponible et le plus ouvert : « Une fois que le lecteur a pris conscience du travail fourni par Hemingway sous la surface de son œuvre, il est probable qu'il trouvera des symboles partout », remarque Carlos Baker — à qui Hemingway avait pu justement faire ce reproche (Baker, 1969, p. 117). Voici un résumé de la demi-douzaine d'exégèses les plus ingénieuses qui tirent le récit vers une paraphrase symbolique de l'épopée du Christ, comme si Hemingway était devenu coreligionnaire de Mauriac ou Bernanos.

Certains critiques ont précisé la symbolique de la Crucifixion en remarquant que Manolin veille sur le sommeil du vieil homme comme fut veillé le saint Sépulcre (p. 143) ; en rapprochant la pommade pour les mains et la chemise propre promises par Manolin des onguents dont fut oint le corps du Christ et du suaire neuf de Joseph d'Arimathie (pp. 147-148) ; la main traîtresse est la gauche, comme le mauvais larron à la gauche de la croix ; le poisson « comme suspendu en l'air », portant en son flanc le harpon du vieux pêcheur, évoquerait le

Christ percé de la lance au moment de sa mort (p. 111). Des connotations nouvelles surgissent pour des termes comme « faith », « doubt » — traduits en français par « confiance » et « découragement » (p. 11) — lors de la « dernière Cène » entre le vieux pêcheur et son disciple ; le vieux pêcheur mange un morceau du poisson mort en communiant avec le disparu (p. 125). Quant au goût étrange et métallique (« coppery » dans le texte original) que ressent Santiago quand tout est perdu (p. 140), c'est très simple : il suffit de rapprocher « coppery » de la Vierge de Cobre, ainsi appelée parce qu'elle apparut près d'une mine de cuivre (cobre en espagnol) ; en somme la réponse de la bergère... Les noms seraient chargés de sens : Santiago, pêcheur comme saint Jacques et le Christ, mais à rapprocher aussi de Jacob, de Jacques le Mineur, ancien pêcheur lui aussi, vénéré à Compostelle. Manolin, c'est le diminutif de Manuel — comme le héros de « L'Invincible » — ou Immanuel, le Messie, à qui Santiago confie l'épée du grand poisson, et qui quittera les siens pour suivre la voie de son maître. Pedrico, le petit Pierre, a un rôle moins évident, mais que découvre un critique qui remarque que, en rentrant au port, Santiago attache sa barque à « une pierre » (p. 142), et « sur cette pierre »... le jeune Pierre/Pedrico serait appelé à fonder une église : c'est pourquoi il reçoit symboliquement la tête du poisson (p. 145). Et pourquoi ne pas introduire Di Maggio dans le schéma ? N'est-il pas le fils d'un autre pêcheur, un autre Pedro ? Et il souffre d'une « espuela de hueso » ; en espagnol « espuela » signifie éperon, ergot, mais aussi épieu, lance : nous voici ramenés à la Crucifixion ; d'ailleurs le grand poisson n'a-t-il pas « une épée » — traduit par « un nez » dans le texte français — « aussi longue qu'une batte de base-ball » ? (p. 72). Il n'est pas jusqu'à la numéralogie — il est vrai qu'on lui attribue un rôle important dans la Bible — qui ne fasse

M. Hirshfield : *Lion*, 1939. Ph. © Geoffrey Clements, avec l'aimable autorisation de Sidney Janis Gallery, New York, © A.D.A.G.P., 1991.

« Dans la cabane, là-bas, tout en haut, le vieux s'était endormi. Il gisait toujours sur le ventre. Le gamin, assis à côté de lui, le regardait dormir. Le vieux rêvait de lions. »

des merveilles pour *Le Vieil Homme et la mer* : chaque mot du titre anglais n'est-il pas formé de trois lettres, à la ressemblance de la trinité — Dieu (Santiago), son fils (Manolin) et l'église nouvelle (Pedrico) ? Mais il faut se limiter...

Ces fantaisies savantes auraient pu donner à Hemingway le plaisir de voir tant d'esprits distingués mordre à l'appât. Il semble bien en l'occurrence que des contresens sur la lettre et sur l'esprit du texte se soient mutuellement renforcés.

Que penser donc de l'esprit, du signifié profond de cette histoire ? Les avertissements de l'auteur suffiraient à nous détourner, si besoin était, de tirer du texte la preuve d'une conversion. Cependant cette fiction est la dernière qu'ait publiée Hemingway avant son suicide, et cela confère une particulière importance à sa réflexion sur l'homme et les rapports de l'homme avec la religion. Certes Hemingway a renoncé ici au nihilisme qui éclate dans le *Pater Noster* d' « Un endroit propre et bien éclairé » ; mais Santiago a recours à la prière surtout pour se rassurer, comme il se rassure quand il soliloque ou ressasse en lui-même son heure de gloire, la partie de bras de fer ; cette logique est une sorte de méthode Coué, profonde peut-être, enfantine à coup sûr. Par là le vieux Santiago — saint Jacques ou Jacob — reste assez proche d'un autre Jacob, le héros du *Soleil se lève aussi*, qui recherche la fraîcheur apaisante des églises espagnoles et le refuge d'une prière (*SLA*, p. 114). Cela ne prouve nullement qu'ils cherchent vraiment Dieu, encore moins qu'ils l'aient trouvé, dans l'amour ou dans la révolte. Il suffit, pour les absoudre du péché d'orgueil dont Santiago s'accuse vaguement, de comparer le héros du *Vieil Homme et la mer* avec celui de *Moby Dick* : là s'exaspèrent jusqu'à la démence suicidaire la révolte vengeresse, l'identification satanique d'une créature à Dieu, dans un combat sans merci contre le Léviathan, la grande baleine blanche. Le capitaine Achab paiera de sa mort son désir sacrilège de transgresser la loi divine, n'ayant pas compris qu'il fallait tout accepter de la Providence, et porter sa croix à l'exemple du Christ. En cela Moby Dick trouble le lecteur croyant ou incroyant, parce qu'il l'entraîne au cœur de toute angoisse. Mais le simple, le bon et naïf Santiago, ce martyr aussi résigné que courageux, n'a pas été imaginé pour troubler ni édifier, mais pour qu'on l'estime et qu'on l'aime : son péché est inexistant. Nos savants exégètes peuvent bien, entre les lignes, faire surgir des souvenirs de la Bible, mais non l'écho d'une présence divine.

C'est que Hemingway n'est guère intéressé par la théologie, ou la mythologie mâtinée de ratiocinations métaphysiques. Sa religion, si religion il y a, est une religion de l'homme, du désir viril et de ses sublimations. De toute façon

« religion » ou « métaphysique » sont de bien grands mots pour un écrivain dont la philosophie reste courte, voire simpliste. Sean O'Faolain est loin d'être le seul à affirmer sans ménagements et non sans raisons : « Hemingway n'est pas un homme de pensée. Il ne montre pas le moindre intérêt pour les idées sociales, morales ou philosophiques[1]. » Il a assez d'autres mérites pour qu'on ne lui reproche que d'essayer de jouer avec elles.

1. Sean O'Faolain, *The Vanishing Hero*, Boston, Atlantic Monthly Press, 1957, p. 138.

Pour préciser les convictions ou plutôt l'indifférence en matière de religion de Hemingway, on complétera le récit de Gertrude Stein décrivant avec un certain humour les hésitations des parents et parrains lors du baptême du premier fils de Hemingway[2] en rappelant que tous ses rapports à la question religieuse ont été marqués par un large opportunisme : de confession congrégationaliste, il a épousé sa première femme, épiscopalienne, au temple méthodiste. Pour épouser sa seconde femme, il se convertit à la religion catholique. Il prétendit alors que lors de sa blessure sur le front italien un prêtre lui avait donné l'extrême-onction et l'avait ainsi, *ipso facto*, converti au catholicisme. Il n'essaya pas de contrarier le catholicisme militant de sa femme, sauf quand celui-ci gâcha leurs relations personnelles. Quoique suicidé, on l'enterra dans le rite catholique.

2. Voir Dossier, pp. 203-204.

LA FABLE PERSONNELLE.

Histoire d'un vieil homme écrite par un écrivain vieillissant, *Le Vieil Homme et la mer* fait passer manifestement beaucoup du créateur à sa créature. Cela était déjà vrai du reste de l'œuvre, où l'on devine partout l'expérience de soi, du monde et des autres, transmuée, sublimée en Vérité romanesque. Aussi bien des critiques ont-ils cédé à la tentation de prendre la fiction pour autobiographie quasi directe, et d'inclure dans des biographies de l'écrivain comme authentiquement vécus des épisodes, des pensées extraits des romans et nouvelles. Il est vrai que les seuls récits qu'on puisse traiter en matériau non romanesque ni romancé, en cela directement exploitable pour l'histoire de l'homme Hemingway — *Mort dans l'après-midi* et *Les Vertes Collines d'Afrique* — frappent, le premier par ce qu'il avoue de l'obsession de la mort, le second par ce qu'il raconte de l'obsession de la poursuite ; on y voit un Hemingway, non pas pêcheur mais chasseur, courant en quête d'une proie pour l'affronter — à moins qu'en fait il ne cherche à fuir, à fuir quelque *nada* ?

Earl Rovit émet l'idée intéressante que « le sujet réel des romans de Hemingway est presque toujours la présentation dynamique de ses relations avec le monde au moment où il écrit ». Il se lance dans l'écriture comme à travers une terre inconnue dont les horizons lui promettent des révélations sur son *ego*, à portée de l'acte créateur — comme si ces fables, projections symboliques de sa propre expérience, manifestaient la recherche incessante de sa propre identité. C'est la démarche même d'Emerson et de Whitman, et de la plupart des poètes romantiques anglais (Rovit, pp. 164-166, 28, 39).

Il ne semble donc pas excessif de voir dans l'aventure tragique de Santiago une fable dont on a montré, précisément à propos de sa genèse, l'intention plus ou moins autojustificative. C'est ainsi qu'on peut, à la suite d'André Maurois par exemple[1], deviner, derrière l'héroïque vieux pêcheur, l'écrivain vieilli, solitaire, *salao*, mais que n'effraie pas, à la différence de confrères trop prudents, l'aventure au grand large, à la recherche de « grands » sujets. Les critiques prédateurs pourront bien mettre son œuvre en pièces, ils ne l'empêcheront pas de rentrer au port avec la preuve de sa vaillance.

Mais plus encore que ce fantasme de revanche, pathétique sans doute, mais un peu douteux, une interprétation de l'œuvre par ce qu'on peut savoir de l'artiste oriente sur deux pistes. La première conduit à la solitude de l'écrivain — même si l'on hésite à interpréter soit comme cliché narcissique, soit comme confidence d'une fatalité que confirmeraient les dernières années de silence, la fameuse réponse au Comité du Prix Nobel : « La vie d'un écrivain, en mettant les choses au mieux, est une vie solitaire. [...] Car il œuvre dans la solitude et, s'il est assez bon écrivain pour cela, il doit chaque jour affronter l'éternité, ou son absence. [...] C'est parce que nous

1. A. Maurois, « Ernest Hemingway », *Revue de Paris*, mars 1955, p. 11.

avons eu de si grands écrivains dans le passé qu'un écrivain est maintenant obligé d'aller très loin, par-delà l'endroit qu'il peut normalement atteindre, là où personne ne peut plus l'aider » (« Bibliothèque de la Pléiade », II, pp. 1623-1624).

La deuxième piste conduit au cœur de l'artiste, et surtout de son art. Nous avons dit combien l'auteur aimait parler de l'écriture et de ses « mécanismes délicats », et comment il le faisait presque toujours sous forme métaphorique, en comparant l'écrivain au torero, au sportif, au chasseur ou au pêcheur féru de sa technique comme d'un art. L'analogie peut être retournée : la technique parfaite de Santiago rappelle irrésistiblement les « tas de trucs » (p. 26) dont use l'écrivain, son art pour ferrer le lecteur, pour l'attirer à lui, jusqu'au « coup de grâce » final, qui le laisse admiratif et captif. Mais c'est aussi d'exigences que parle Santiago, le double en haillons de l'écrivain qui se doit d'être prêt, pour mériter l'inspiration : « Tout recommence tous les jours. C'est très bien d'avoir de la veine, mais j'aime mieux faire ce qu'il faut. Alors, quand la veine arrive, on est fin prêt » (p. 36). Le texte original, « I would rather be exact », préfigure par ce seul adjectif les pages de *Paris est une fête* où Hemingway s'est décrit jeune écrivain chassant le mot juste, se préparant par une discipline rigoureuse à l'instant miraculeux où, sous sa main, il pourra laisser l'histoire « s'écrire toute seule » (*PEF*, p. 19).

Un critique, analysant le livre lors de sa parution, montre que la parabole rend hommage au vieux pêcheur mais aussi bien à l'écrivain : « C'est un vieil homme qui attrape un poisson, c'est vrai ; mais c'est aussi un grand artiste en train de maîtriser son sujet, et, plus encore, en train de raconter cette lutte. Rien n'est plus important que cet art, objet de sa passion ; mais parce qu'il faut se battre pour le maîtriser, c'est aussi un adversaire, ennemi de tout laisser-aller dans les sentiments, de toute facilité dans l'écriture » (Mark Schorer *in* Baker, 1962, p. 134).

Nous verrons bientôt Hemingway travaillant à maîtriser l'écriture ; c'est à présent un vieux professionnel, qui connaît « des tas de trucs » — même s'il les a tenus d'abord pour recettes méprisables — et qui les a employés avec tant de brio qu'après son combat douteux, c'est bien plus, bien mieux que le squelette d'un espadon qu'il a ramené au port.

INTERPRÉTATIONS À LA LUMIÈRE DE LA PSYCHANALYSE.

D'autres interprétations ont été proposées, particulièrement celles qui cherchent à sonder l'inconscient de l'auteur. A ce genre d'interrogation il a d'abord répondu par des boutades dilatoires : au journaliste qui sottement lui

Salvador Dali : *Christ de Saint-Jean-de-la-Croix*. Glasgow Art Gallery and Museum.
Ph. © Archives Snark/Edimedia.
« En arrivant au sommet, il tomba et resta prostré, le mât en travers des épaules.
Il essaya de se relever : c'était au-dessus de ses forces. »

demandait le nom de son psychanalyste, il répondit en donnant la marque de sa machine à écrire. Un tel personnage, acteur quelque peu cabotin de son drame, et une telle œuvre, avaient de quoi attirer l'attention des analystes, même quand l'irritation croissante de l'écrivain les eut contraints à plus de discrétion. Mais curieusement, après sa mort, Hemingway n'a suscité qu'un nombre très limité d'approches de ce genre. Deux d'entre elles, parues en langue anglaise, concernent *Le Vieil Homme et la mer.* Voici le résumé des analyses de Charles Hofling et de Earl Rovit[1].

1. Charles K. Hofling, « Hemingway's *The Old Man and the Sea* and the Male Reader » *(American Imago,* 20, été 1963, pp. 161-173), et Earl Rovit, *op. cit.,* 1963.

L'analyse de Hofling a l'intérêt d'avoir été publiée en 1963 — plusieurs années avant la parution du « doublet » qu'offre *Îles à la dérive* avec le très jeune David comme variante de Santiago. Or elle semble annoncer cette variante. L'auteur explique, entre autres, que ses relations avec Manolin et son caractère industrieux situeraient le vieil homme comme ayant régressé au stade de latence (onze à douze ans). Son échec final s'expliquerait par le fait qu'il représente un transfert du père ; il ne doit donc pas triompher sous peine de susciter la jalousie du lecteur. Mais il est aussi pour le lecteur une partie oubliée de lui-même, le souvenir à demi effacé de l'expérience liée à la période de latence. C'est ce qui permet le degré exceptionnel d'empathie avec le héros.

La même année Earl Rovit propose une analyse prudente et modeste : les limites de sa sophistication ne lui permettent pas de choisir entre Freud et Jung. Il voit dans le voyage que fait Santiago à la découverte de lui-même la conclusion de la partie de pêche de Nick Adams quelque trente ans auparavant dans « La grande rivière au cœur double » — une des plus célèbres nouvelles de l'œuvre de Hemingway, à partir de laquelle le critique Philip Young a construit sa thèse du traumatisme de la guerre comme ressort central de toute l'œuvre. La nouvelle montre comment le jeune Nick, à l'occasion d'une expédition de pêche solitaire, essaie de retrouver la paix dans le rituel d'une action délibérément ralentie ; c'est aussi un voyage à l'intérieur de lui-même ; mais le jeune homme manifeste les plus grandes précautions ; il ne pêche que dans les eaux limpides de la rivière, et de sa conscience. Il remet à plus tard une expédition dans les eaux sombres du marais, où se trouvent les gros poissons et les profondeurs de son inconscient. Le vieux Santiago, fort de son expérience et de son humble assurance, peut sans peur affronter les sombres abîmes du Gulf Stream et de son identité. Le poisson qu'il pourchasse partage sa conscience, comme les créatures de la mer et du ciel.

Earl Rovit est en outre sensible aux connotations positives du Mako *dentuso*. C'est pour lui le symbole évident de la mère castratrice, dont la hyène des « Neiges du Kilimandjaro » était un autre avatar. Mais, ajoute-t-il, son âge permet à Santiago d'affronter cet adversaire avec respect et sans peur (*op. cit.*, pp. 55, 66, 76, 91-92).

UNE MAUVAISE CONSCIENCE ÉCOLOGIQUE ?

S'il fallait à présent risquer une interprétation de plus et l'ajouter à tant d'analyses renchérissant l'une sur l'autre ou se contredisant[1], c'est l'analyse de Freud sur « Ceux qui échouent devant le succès » (1916), qui nous paraît offrir un fil conducteur le plus sûr. A travers des exemples empruntés surtout au théâtre (une pièce d'Ibsen et *Macbeth*), Freud définit là un « type de caractère » qui n'est pas sans rapport avec le vieux Santiago[1].

On a assez dit de cette parabole que c'est une épopée. Et il est vrai dès l'abord que ce texte, qu'on peut dire approximativement si naturaliste, retrouve de façon toute moderne le merveilleux épique, en laissant osciller le récit entre réalité et fantasme. D'un côté le récit va au-devant de la curiosité la plus exigeante du lecteur par un luxe de précisions. Au nombre des « informants » géographiques sinon historiques qui amarrent le texte dans la réalité véritable s'ajoutent toutes les informations techniques qui prouvent la compétence du romancier quand il parle de la mer et de la pêche comme le ferait un pêcheur : fabrication des appâts, préparation des poissons après la pêche, coutume du bidon de foie de morue à la disposition des pêcheurs dans un coin du hangar, différentes espèces de poissons et d'oiseaux de mer. Mais certains détails « énormes » du récit dans ce registre, par exemple les huit rangées de dents du requin et les prouesses herculéennes du vieux pêcheur, semblables à celles du Gilliatt de Hugo dans *Les Travailleurs de la mer*, peuvent étonner le lecteur. Ce sont en fait des moyens de détacher le récit du

1. Freud, « Quelques types de caractère dégagés par le travail psychanalytique », in *L'Inquiétante Étrangeté et autres essais*, Paris, Gallimard, « Folio », 1988. Voir Dossier, pp. 237-239.

réalisme, pour lui donner la poésie d'un merveilleux sans irruption du surnaturel. Ainsi le jeu auquel se livrent gravement le vieux pêcheur indigent et Manolin, la potée de riz au safran imaginaire ou les filets à sardines inexistants, les spéculations sur les jeux de hasard, et leurs bons chiffres, sont autant d'indices* d'une propension au rêve éveillé du vieil homme et de son émule, c'est-à-dire d'un défaut fatal de réalisme qui condamne d'avance à l'échec la quête de la merveille, en dépit du métier le plus sûr.

---

*Chez Barthes les « indices » sont, à l'opposé des « informants », des informations dont on ne comprend pas d'abord la portée, mais dont le sens implicite s'actualise au cours du récit ; par exemple, dans le livre, les mots du vieil homme : « J'espère que je ne rencontrerai jamais un poisson tellement costaud qu'il te fasse mentir » (p. 25), ou, en bonne place, « Sauf si les requins s'amènent ! » (p. 79)[1].

1. Cf. note 1 p. 91.

On se rappellera que, parmi les thèmes récurrents qui assurent la cohérence du récit, à six ou sept reprises, à partir justement du moment où son rêve s'est accompli et où il a tué le grand poisson, on trouve cette incertitude du vainqueur : son aventure, ne l'a-t-il pas tout simplement imaginée, est-elle réalité ou hallucination ? (pp. 116, 117, 119, 131, 140, et, peut-être p. 144, où la phrase anglaise n'interdit pas l'étonnante équivoque : « There has never been such a fish » réduite par la traduction, à : « On n'en a jamais vu de pareil »). A quoi serviraient encore, sinon à la béance du merveilleux en pleine réalité, ces rivages obsédants hantés de lions, ou le culte dérisoire de Di Maggio ? Ces rêves, rêveries et fantasmes, merveilleux du pauvre, font prévoir que le projet de la grande prouesse est contaminé d'avance, et ne peut ni tout à fait réussir ni tout à fait échouer : Santiago vit un rêve avec une obstination tragique, en sacrifiant tout, ses lignes, ses outils, et presque sa vie, à une gageure impossible, héroïque en dépit de l'impossibilité, ou à cause d'elle. Une fatalité sinistre semble se jouer de lui, ne lui laisse réaliser son rêve que pour mieux le livrer aux ministres inexorables qu'elle lui dépêche, les requins. Il prend alors conscience que son action ne pouvait pas avoir plus de prise sur la réalité que sur le rêve, si profondément qu'il y plonge. Cette recherche naïve de l'impossible peut faire penser que cette fiction a reçu de son auteur, par surcroît, une dimension mystique ; mais c'est une mystique réduite à l'humain, une mystique sans Dieu.

Il faut revenir ici sur notre affirmation que le livre est une épopée. Dès lors que tout dans le récit converge vers l'échec nécessaire, l'aventure de Santiago doit être considérée comme une épopée pervertie : *Guerre et paix* est une épopée où le Bien (la Russie mystique) lutte contre le Mal (Napoléon l'impie), et l'emporte en toute justice. Les épopées décrivent des luttes pour une grande cause, et la victoire engage l'avenir positivement. Santiago, héros d'une « petite épopée », réduite à une tentative solitaire de record, n'est le champion d'aucune grande cause, même si l'auteur laisse entendre que son combat est un moment de la conscience humaine. Subsistent de superbes traces d'épopée de la prouesse physique : le vieux Santiago, paradoxalement doué d'une énergie intacte, combat seul à mains nues — il n'a pas de moulinet — un adversaire formidable, et tente de réussir ce que jamais pêcheur n'a réussi. Mais il est révélateur qu'il s'interroge sur sa faute. Si Santiago El Campeon a, en effet, loyalement triomphé d'un autre homme, presque son égal, Santiago le pêcheur a triché, parce qu'il avait, sur l'animal réduit à lui-même, l'avantage absolu que lui procure son attirail de pêcheur. Les ruminations de Santiago sur son « péché » trahissent ce qui lui manque pour être un héros classique d'épopée : sa cause n'est pas d'une telle importance qu'elle puisse faire taire ses scrupules de sportif. Santiago cherche à son meurtre déloyal une justification : le poisson nourrit son homme, et d'autres avec lui. Il affirme aussi qu'il tue « bien », et qu'il respecte son ennemi : les ethnologues ont assez montré comment les chasseurs demandent pardon à l'ours qu'ils vont tuer, et se justifient de le tuer dans la mesure où ils le révèrent, et s'affirment ses frères, par une sorte de foi en une identité panpsychique de toute vie. Mais — c'est là un des mérites, et non le moindre, de cette parabole — sans que Hemingway ait pu prévoir la lecture que l'écologie nous incite aujourd'hui à en faire, la mise en question, même passagère, de sa prouesse, dans la belle âme de Santiago, est comme une velléité de mise en question, par Hemingway, de sa passion pour la chasse, la pêche, la corrida, pour la torture sportive d'animaux où notre plaisir veut que nous puissions voir des sous-hommes. Le châtiment de Santiago est une réponse aux pages des *Vertes Collines d'Afrique* et de *Mort dans l'après-midi* qui célébraient avec une sorte d'ivresse l'érotisme du meurtre permis. Et ce base-ball, sport qui n'appelle pas le sang et qui a tant d'importance dans les rêves de Santiago et de Manolin, peut sembler le repoussoir que la mauvaise conscience de Hemingway lui a fait placer dès les premières pages, en regard du projet de meurtre méthodique du bel espadon. Si cette hypothèse est plausible, alors s'explique, et c'est poétiquement admirable, le déclenchement d'une sorte de justice immanente ou la réponse de la nature à l'appel d'un inconscient qui souffre : les requins surgissent pour exécuter l'arrêt mystérieux, bourreaux à l'image du diable et de soi-même. Pas Dieu mais des forces obscures : là est le merveilleux.

« Un homme, ça peut être détruit mais pas vaincu » (p. 121). Noble maxime soufflée par Hemingway à son héros. Santiago pourrait dire lui aussi, comme naguère certains baroudeurs professionnels : « Ce que j'ai fait, aucune bête n'aurait pu le faire. » Son échec dans la victoire devient-il en cela une victoire dans l'échec? Mais, rêveur incorrigible, il retombe bientôt dans l'illusion : « Ça aurait pu tourner bien » (p. 131). Il reste que son exploit, faute de preuves, n'est pas homologué : il n'entrera pas dans l'histoire.

La punition eût été sans doute trop cruelle au sentiment de Hemingway si le conte s'était arrêté là, sur cette amère leçon donnée à tous, personnages, auteur et lecteurs. Une compensation classique intervient, romanesque : qu'importe la défaite si un seul être au monde, un être cher, a compris votre grandeur occulte, et veut reprendre le bon combat. Santiago peut mourir ignoré, il fait partie du moins des saints obscurs, non inscrits au martyrologe, mais sauvés quand même. Nous aussi nous pouvons rêver : il est perdu, mais il passe la main à Manolin qui, peut-être, dans une autre pièce, une autre vie, fera une prouesse homologuée : l'enfant pleure mais recommencera et qui sait... Amère victoire. Santiago s'échappe dans le rêve des lions.

Est-ce là une fin ouverte d'authentique épopée? Le triomphe est-il ici, dans l'épilogue, celui, même lointain, de la cause, et non du héros renvoyé à sa solitude et à l'obscurité de la mort? Ou Hemingway laisse-t-il cette illusion au compte de ses deux rêveurs? Mieux vaut sans doute créditer l'épilogue de cette petite épopée d'une ambiguïté que chacun résoudra selon sa préférence. Il faut laisser à Hemingway, après ce qu'il a dit si bien — la peine et la dignité des pauvres gens, l'humble rêve d'excellence, le combat avec l'inhumain et le trop humain — il faut lui laisser le dernier mot, comme on lui a donné le premier : « Dans *Le Vieil Homme et la mer*, je me suis efforcé de faire un vrai vieil homme, un vrai jeune garçon, et une vraie mer avec un vrai poisson et de vrais requins. Mais si je les faisais assez vrais, assez bien, alors ils pourraient dire des tas de choses » (*Time, ibid.*). Des tas de choses en effet...

III

UN PRIX NOBEL POUR LE STYLE

N.B. Pour cette étude, l'analyse et les citations se fondent sur la version anglaise; mais, pour permettre au lecteur de se référer à la traduction française, c'est à celle-ci que renvoient les indications de pagination.

7. LES ÉLÉMENTS DU STYLE

Le Vieil Homme et la mer a valu à Hemingway la gloire du prix Pulitzer de littérature et surtout celle du prix Nobel qui rendait explicitement hommage à « la puissance de son style et la maîtrise de son art dans la narration moderne » (Baker, 1971, p. 334). Certes c'était toute la production de l'auteur qui était ainsi récompensée, mais à beaucoup il sembla bon qu'elle le fût alors que venait de paraître *Le Vieil Homme et la mer*, œuvre admirable autant pour son écriture que pour son message. Non que cette écriture apportât quoi que ce fût de nouveau ou d'exceptionnel par rapport aux œuvres précédentes, sinon l'utilisation systématique d'un idiome et d'un rythme qui, avec ses échos bibliques, donnent à l'œuvre une allure de « poème en prose » — mais, remarquèrent bientôt les plus critiques, de poème en prose décadent.

IDIOME ET NIVEAU DE LANGUE.

Que dire d'abord de l'idiome ? Il est difficile de prendre conscience de sa qualité à travers la traduction française qui a adopté le parti pris d'un niveau de langue extrêmement familier dans son lexique comme dans sa syntaxe : qu'on pense, par exemple, pour certains mots thèmes, à la différence de connotation entre les termes français « le vieux », « le gamin » ou « le gosse », et « the old man », ou « the boy » du texte anglais. La nature des relations affectives s'en trouve sensiblement altérée. Manolin, dans le texte original, appelle le vieil homme « Old man », ce qui ne sonne nullement comme « Grand-père » ; lequel « old man », dans la version française, parle de lui-même ou s'apostrophe en se donnant du « bonhomme » (pp. 15, 113) ; or, dans le texte anglais de Hemingway, il ne se départit pas un instant, dans ses propos comme dans son monologue intérieur, d'une dignité d'autant plus accusée que certaines expressions sont des calques, ou des pseudo-calques, de l'espagnol ; ainsi, dans le monologue intérieur, « No matter *what passes* [...] *It* has reached the time to play for safety ! He is *much fish* still [...] The punishment of hunger, and *that* he is against something that he does not *comprehend*, is everything » (p. 89) ; qu'on réfléchisse aussi au fait que le vieux Cubain se dit : « All I must do is keep *the* head clear » (p. 116), alors qu'au paragraphe suivant la narration rétablit la tournure normale : « The old man [...] tried to keep *his* head clear » (p. 117). Pour un anglophone ce décalage est ressenti comme effet d'exotisme, mais non comme négligence triviale. La narration évite à ce point les facilités populistes qu'elle compense par des termes recherchés, comme « nauseate », « vomit », « urinate », la notation de détails de misères physiologiques — au point que dans le manuscrit l'écrivain transforme un « until it *rots* » en « until it *goes bad* » (p. 100).

On voit par ces exemples ce qu'a de surprenant l'insertion d'un « ben » (p. 22) ou d'un « bougrement » (p. 36) ; ou la traduction par « costaud » de « great » (p. 25) ; par « La lune la tourneboule » de « The moon affects her » (p. 33) ; par « Ce banc-là, il se débine » de « That school has gotten away from me » (p. 38) ; relevons encore, dans la bouche de Manolin, un « Tu potasses la question », exécrable, pour le simple « You study it » (p. 19). Mais c'est par les tournures syntaxiques que la version française donne dans un vulgarisme injustifié ; « I was too timid to ask him. Then I asked you to ask him and you were too timid » se traduit par « Question de lui demander, j'ai pas osé. Et toi, pour lui dire, t'étais pas plus courageux que moi » (p. 23) ; on achoppe surtout sur l'ajout systématique de *t-y* : ainsi « On parle-t-y de l'Afrique... » pour « Should we talk about Africa » (p. 24), ou, encore « Tu veux-t-y que je te paie une bière ? » pour « Can I offer you a beer ? » (p. 24), dans la bouche de Manolin, qui dit aussi : « Je vas aux sardines. Pourquoi que tu t'assoirais pas au soleil » pour « I'll [...] go for sardines. Will you sit in the sun ? » (p. 18).

Qui confronte les deux versions a vite repéré que le texte original, loin de se complaire à ces formes relâchées, refuse presque systématiquement de placer des formes contractées d'auxiliaires dans la bouche de Santiago : « I know you *did not* leave me because you doubted »

(« *C'est pas* par découragement que tu m'as quitté », p. 11). *Le Vieil Homme et la mer* est écrit délibérément moins dans la langue parlée de la rue que dans ce registre qu'on a pu appeler au XVIIIe siècle le « familier noble ». Hemingway y ajoute même parfois une coloration biblique, par exemple quand le vieil homme, torturé par ses blessures et par la soif, parodie ingénument les dernières paroles du Christ : « Nothing is accomplished » (traduit par « On n'arrivera à rien comme ça », p. 108). Notons encore un rappel à l'ordre qui va dans le même sens, par la solennité sermonnaire des répétitions à variante : « Now is no time to think of base-ball [...]. Now is the time to think of only one thing » (« C'est pas le moment de s'occuper... », p. 44). La traduction semble chercher des compensations au parti pris de familiarité en introduisant dans les parties narratives des termes ou des tournures relativement recherchés : « Le gamin le laissa à son somme et s'absenta de nouveau » pour « The boy left him there » (p. 20) ; ou « Il contempla les poissons » pour « He watched » (p. 38), etc.

Dira-t-on que la version française gagne en réalisme et en « simplicité », ce que le dialogue a perdu de la dignité, un peu figée, de l'original ? Le Santiago de la version anglaise n'a, en général, rien de phraséologique ni d'insipide. C'est au contraire toute une esthétique qui se confirme dans cette écriture « blanche ». Mais on ne se lancera pas ici dans un débat sur ce que doit être la simplicité. La question a pourtant été posée dès 1925, lorsque, dans son compte rendu du premier recueil de nouvelles de Hemingway, *De nos jours*, Edmund Wilson notait que l'auteur possédait en commun avec Gertrude Stein et Sherwood Anderson une certaine « naïveté de langage, souvent exprimée par le parler familier des personnages, qui en fait sert à exprimer des émotions profondes et un état d'esprit complexe » (*in* Baker, 1961, p. 58). Dans ce dernier texte publié du vivant de Hemingway, la naïveté de langage est, plus que jamais, simple apparence. C'est la qualité d'une adéquation parfaite du style et du personnage, avec la dignité, la noblesse, et même l'élégance qui caractérise le héros.

VOCABULAIRE TECHNIQUE,
MOTS ÉTRANGERS.

Puisque c'est de pêche qu'il s'agit, d'un bout à l'autre de l'histoire, et que, comme on l'a vu, Hemingway tient à prouver à chaque instant qu'il sait de quoi il parle, le récit ne laisse rien à désirer du côté des précisions techniques. Mais pour précises que soient ces descriptions, elles ne font jamais appel à un jargon incompréhensible pour le profane. Quant à la langue espagnole, l'artiste lui rend un hommage constant. On connaît son intérêt pour les langues

Cuba, un petit port. Ph. © Fred Mayer/Magnum.
« Le gamin traversa la route et alla emprunter un peu de bois pour faire réchauffer le café. »

étrangères, qui se manifeste depuis ses premières œuvres et bénéficie du choix systématique qu'il a toujours fait de décors exotiques : il n'est pas un seul de ses romans qu'il ne situe à l'étranger, et où il n'emprunte des informants au moins à une langue étrangère. De ce point de vue, *Le Vieil Homme et la mer* atteste une sobriété remarquable puisqu'il se borne à l'espagnol — nous sommes à Cuba, couleur locale exige — à l'exception d'un terme clinique en latin qu'on ne saurait attribuer au vieux pêcheur : « the hand that was almost as stiff as rigor mortis » (la traduction a gommé cette disparité : « la main douloureuse qui était presque aussi raide que celle d'un mort », p. 67).

Les termes espagnols utilisés dans ce court texte, une vingtaine, le sont par des procédés qui varient selon leur collocation. Presque systématiquement mis en valeur par des italiques — l'emploi automatique pourrait émousser l'effet —, ils apparaissent généralement sans traduction lorsqu'ils sont prêtés à des protagonistes hispanophones : le contexte suffit pour donner le sens de « bodega » (p. 18), de « Qué va », (pp. 25, 28), de « cordel » (p. 58), de « juegos » (p. 78), de « brisa », bizarrement accompagnée d'une épithète anglaise (« light/heavy brisa », pp. 71, 147) et de tous les noms de poissons. Quand le sens de l'expression est moins évident, l'auteur la fait entrer dans une structure répétitive, où l'espagnol tantôt précède tantôt suit la traduction. Citons l'exemple de l' « éperon d'os » dans le talon de Di Maggio, sur lequel s'interroge le vieil homme : « ... even with the pain of the bone spur in his heel. What is a bone spur ? he asked himself. *Un espuela de hueso* » (p. 79 ; cf. pp. 34, 43, 65-66 pour les manipulations sur les noms de poissons). Quand le narrateur intervient en personne, il donne la traduction en conservant une sorte de « trompe-l'œil » narratif, puisqu'il rappelle que le vieil homme pense et parle en espagnol : « I have eaten the whole bonito. Tomorrow I will eat the dolphin. He called it *dorado* » (p. 86) ; ou « ... a cramp, he thought of it as a *calambre* » (p. 71). Mais le passage de l'anglais à l'espagnol peut inviter ouvertement le lecteur à s'instruire : « The shack was made of the tough bud-shields of the royal palm which are called *guano* » (p. 17). On remarque, à propos de ces façons de naturaliser les termes et expressions d'une langue à l'autre, que la traduction française, « Pour lui une crampe était une sorte de *calambre* » (p. 71), suggère, à cause de « une sorte de », que Santiago passe non plus d'un terme (« a cramp ») à son équivalent (« a calambre ») mais d'un hyponyme, un terme au sens limité (« une crampe ») à l'hyperonyme, au sens plus vaste (« une sorte de crampe »), ce qui donne l'impression injustifiée qu'il se livre à un commentaire du mot anglais. En revanche l'explication de « guano », « cette matière dure surnommée *guano* et qui n'est autre qu'un assemblage d'écorces de palmier royal » (p. 17), reste fidèle au sens implicite du texte original, même s'il en modifie l'ordre.

Cependant le passage d'une langue à une autre ne trouve pas toujours des solutions aussi élégantes, et l'on peut regretter de retrouver ici les mêmes greffes métalinguistiques que dans *Death in the Afternoon* où, du moins, le reportage justifiait les procédés didactiques expéditifs : parenthèses sur la signification d'un terme (« ... *salao,* which is the worst form of unlucky », p. 9) ; sur la prononciation d'une lettre (« He said Jota for J. », p. 24) ; sur l'usage du genre masculin ou féminin pour le mot « mar », et les connotations respectives que le choix implique (pp. 32-33) ; sur l'impossibilité de traduire le cri d'angoisse « Ay » (p. 126) ; enfin sur la prononciation d'un mot anglais estropié par un Cubain en voulant complaire à des étrangers de passage : « " Tiburon ", the waiter said, " Eshark ". He was meaning to explain what had happened » (p. 148).

La présentation de « la Terrasse » en italiques (p. 11) peut faire penser à l'emploi d'un terme français dans le texte original ; en fait l'auteur utilise le mot anglais « the Terrace ». En revanche on note dans la version française la présence d'un mot technique anglais « runner », non traduit (p. 34).

Faut-il en définitive voir dans ces bigarrures anglo-hispaniques une facilité de cicérone à laquelle Hemingway n'aurait pas su résister ? On peut le penser çà et là ; mais il faut aussi rendre justice à un écrivain qui ne cesse d'exiger de lui-même le mot juste : c'est ainsi que l'espagnol des pêcheurs établit entre deux termes, « albacore » et « bonito », une distinction qui est neutralisée dans le mot « tuna » ; la nuance est non seulement appliquée au récit, mais encore soigneusement justifiée : « The tuna, the fishermen called all the fish of that species tuna and only distinguished among them by their proper names when they came to sell them or trade them for baits, were down again » (p. 45). Refus des facilités qu'offrent les faux synonymes, exigence d'un usage délicat de toutes les ressources lexicales de deux langues confrontées, font ici bon ménage avec l'exotisme.

LES CREUX DU DISCOURS.

Dans son emploi mesuré du terme technique et, plus envahissant mais presque jamais à effet facile, du terme étranger, *Le Vieil Homme et la mer* est dans la droite tradition de tous les romans de Hemingway. Mais, singularité notable, le livre a presque renoncé au procédé par ailleurs constant que justifie l'esthétique de l'iceberg : plus de ces phrases ellip-tiques à sens largement immergé, qui font pressentir au lecteur toute l'importance d'un sous-texte. Toutefois l'emploi de *something*, emprunté à Sherwood Anderson, pour annoncer un objet encore occulte, subsiste, par exemple quand « quelque chose » d'invisible mord à l'appât : « He felt something hard » (p. 48) ; quand le même phéno-mène se reproduit et fait battre le cœur : « Something took one of the baits » (p. 57) ; quand le vieil homme s'apprête à lancer son harpon, « the old man was sweating now but from something else beside the sun » (p. 107), ou encore quand le narrateur veut évoquer une communion cosmique, « as though the ocean were making love with something under a yellow blanket » (p. 84). Mais on ne trouvera pas ici, à une exception près — le chat qui accueille de son indif-férence le vieil homme brisé (p. 142) — de ces détails apparemment superflus mais sur lesquels se concentre, comme fasciné, l'esprit du héros dans un moment de désarroi ou de tension extrême. De ce point de vue encore, *Le Vieil Homme et la mer* atteste bien que Hemingway recherche désormais avant tout l'effet de simplicité de surface lisse d'un récit immédiatement intelligible. Ce qui n'exclut pas l'effet de sens retardé : de proche en proche, les détails, chacun apparemment sans mystère, tracent la « parabole » dont le lecteur est porté peu à peu à deviner le foyer symbolique[1].

1. Voir Dossier, pp. 229-232.

LES IMAGES.

Avec les images, nous passons de l' « architecture » du texte à ses « ornements », pour reprendre la métaphore de *Mort dans l'après-midi*.

« Image » est un terme ambivalent, utilisé par la critique aussi bien pour désigner la métaphore que le symbole ; et, depuis la rhétorique classique, on a tendance à confondre encore, sous cette étiquette, métaphore et comparaison, la première étant considérée comme une ellipse de la seconde. Les stylisticiens ont longtemps adopté ce point de vue.

Pour simplifier les choses, on rassemblera ici sous le terme d' « images » la métaphore et la comparaison, mais dans la présentation formelle des images on les étudiera séparément. Il y a lieu de procéder avec d'autant plus de prudence que la langue est tissée de métaphores banalisées, méconnaissables comme telles dans la compréhension cursive du discours, et qu'il est difficile de distinguer l'effet délibéré de style et le cliché inévitable ; il arrive même, suivant le contexte, que ce qui était cliché peut se recharger de sens métaphorique. C'est ce qui se passe lorsque le vieil homme se met à rêver à la blessure de Di Maggio (« bone spur », ou « espuela de hueso »), expressions dont il prend les termes dans leur sens littéral (p. 79) ; il doit penser en espagnol, c'est le narrateur qui traduit en anglais. La prise de conscience de la charge métaphorique est-elle rendue plus délicate — ou plus facile — par une langue qui n'est pas la langue maternelle ? La question vaut pour le narrateur anglophone placé dans un contexte espagnol comme pour le lecteur français devant le texte anglais : ne risque-t-on pas d'enrichir le texte à l'excès ?

En 1935, une étude sur Hemingway affirmait que sa prose de sportif ne contenait pas une once de graisse métaphorique et qu'on ne trouvait pas plus d'une image ou comparaison dans toute une nouvelle et parfois dans tout un roman. L'impression se justifie peut-être si l'on pense au premier roman, *Le soleil se lève aussi ;* mais avec chaque livre nouveau le nombre de métaphores et de comparaisons est allé sensiblement croissant, à l'exception du roman « réaliste » *En avoir ou pas ;* l'imagerie prolifère à chaque page de *Paris est une fête,* portrait de l'artiste jeune homme.

Dans le dialogue ou les monologues du vieil homme, les métaphores sont discrètes (cinq seulement) et aux limites du cliché, par exemple « slave work » (« corvées », pp. 112-113). On notera une forme assez exceptionnelle — ajout sur le deuxième manuscrit — quand le vieil homme admoneste sa main en proie à une crampe : « Make yourself *into a claw.* It will do you no good. » (« Non, mais regardez-moi ça : On dirait-y pas une patte de crabe », p. 66) ; et une autre portant sur un verbe : « cushion » (« amortir », p. 90). Quant aux comparaisons, introduites explicitement par *like, as, as if/as though (comme, comme si)* ou par des formes comparatives, le dialogue en offre quelques-unes. On les trouve dans la bouche du jeune Manolin : « The noise of you clubbing him *like chopping a tree down* » (p. 13), ou dans le monologue intérieur du vieil homme : « We sail *like brothers* » (p. 117) ; mais bien plus souvent les comparaisons passent presque inaperçues comme telles : « just as desperate *as I am* » (p. 55) ; « my feet and hands are *like theirs* » (p. 41, cf. p. 122, deux fois). De fait, c'est dans la partie narrative que se glissent la plupart des images ; on doit ces « ornements » à l'intervention du narrateur dans un récit ayant jusque-là une apparence impersonnelle. Il le fait avec une certaine variété : une demi-douzaine de métaphores portant sur le syntagme nominal : « in their *armour-plating* » (p. 4) ; « the thin *feathers* of the cirrus » (p. 71) ; une douzaine portant sur le verbe — celles qui s'escamotent le plus aisément en clichés : « holding it *anchored* with his shoulders » (p. 59) ; « the tail *slicing* through the water (p. 77) ; « the great tail *weaving* in the air » (p. 110). Plus ostensibles, insistant bien sur chacun des deux termes de l'analogie, les comparaisons sont en revanche extrêmement nombreuses.

Une vingtaine sont introduites par *Like* : « *like the flag of permanent defeat* » (p. 10) ; « hung [...] *like plummets* » (p. 34). Encore plus nombreuses sont celles introduites par *as, as though* : « freshening *as when the breeze rises* » (p. 14) ; « showed white *as though they were snow-capped* » (p. 45). Pour répondre sans doute à un souci de variété, *look* et

show s'accommodent de *like* : « *showed like* a phos-
phorescent streak » (p. 53), de *as though* : « It looked now *as though* he were moving into a great
canyon of clouds » (p. 94) ; mais ils peuvent se passer de l'un et de l'autre : « He *looked* the colour of
the silver backing of a mirror » (p. 129). Avec *as* et
plus encore avec les comparatifs d'égalité ou de
supériorité la comparaison s'ancre dans le monde
réel : « He kept them *straighter than anyone did* »
(pp. 35-36). Cependant la fréquence de ce type de
comparaison sans décrochage avec la réalité est
beaucoup plus faible que dans le monologue intérieur : le narrateur montre plus de facilité que le
vieil homme à décoller vers l'imaginaire.

Par moments les images s'enchaînent,
sur des rythmes binaires ou ternaires.
Certains groupements sont purement
symétriques : « looked *as* detached *as* the
mirrors in a periscope *or as* a saint in a
procession » (p. 114) — mais ne peut-on
pas déceler dans le double sens de
« detached » un décalage qui relève la
redondance ? D'autres opèrent en cascades : « the *rapier* bill with its *sandpaper*
edge » (pp. 55-56) ; on passe de *as* à
like : « his sword was *as long as* a
baseball and tapered *like* a rapier »
(p. 72). Métaphore et comparaison se
complètent : « the shark *ploughed* over
the water *as a speed-boat does* » (p. 120) ;
la comparaison est reprise en métaphore : « sharp *as a scythe*... ; ... the
scythe blade » (pp. 55, 72) ; « it spread
like a cloud... ; ... the dark *cloud of
blood* » (pp. 11, 117). Le passage inverse
de la métaphore à la comparaison est

plus recherché, mais on le trouve quand on passe du monologue intérieur à la narration : « *Make* yourself *into a claw* ; *as* tight *as the* gripped *claws...* » (pp. 66, 73), et même d'un endroit à l'autre de la narration, mais distants d'une vingtaine de pages : « the *rapier* bill... ; ... tapered like a *rapier* » (pp. 55-56, 72). Ceci prouve, une fois de plus, qu'il ne faut pas confondre apparence de simplicité dans le style et écriture facile, qui ignorerait toute subtilité dans l'emploi des tropes et des figures.

La simplicité, même apparente, semble aussi postuler la discrétion du narrateur ; il fait pourtant sentir sa présence en particulier dans les comparaisons prolongées, « shaped like a man's fingers *when they are crisped like claws* » (p. 118), ou « built as a swordfish *except for his huge jaws* » (p. 118) ; dans les métaphores différentielles : « they were *not* the ordinary pyramid-shaped teeth of most sharks » (p. 118) ; dans les « almost » qui corrigent scrupuleusement la comparaison : « ... as sharp as a scythe and *almost* of that size and shape » (p. 55), ou « *almost* as stiff as rigor mortis » (p. 67) ; enfin dans les commentaires qui prolongent l'équivalence : « He came like a pig to a trough *if a pig had a mouth so wide that you could put your head in it* » (p. 131) ; on notera au passage, dans cette dernière phrase, l'emploi de *you*, qui, même avec une valeur générique, ne manque pas d'établir un rapport marginal de connivence entre celui qui écrit et celui qui le lira. Mais, malgré les apparences, l'auteur ne joue pas à renverser la métaphore : la présence d'une virgule dans la phrase « his lavender wings, that were his pectoral fins » (p. 56), transforme la relative en incise explicative. Le narrateur sait s'abstenir de tout commentaire explicite sur le rapport du réel et de l'imaginaire. Il suffit que le vieil homme ne sache plus trop, et se le dise, ce qui est veille et ce qui est rêve dans son aventure, pour qu'elle prenne aux yeux du lecteur sa poésie de fantasme. On remarquera d'ailleurs que ces images, qui se réfèrent à la nature et à la vie la plus humblement quotidienne, comme dans « as someone might *pick up crumbs from the table* » (p. 141), ne nous paraissent jamais saugrenues — sauf, peut-être, quand les yeux du poisson agonisant sont comparés à ceux, extatiques, d'un saint promené dans une procession, à moins que le narrateur n'ait voulu suggérer que, pour Santiago, sa victime est à présent placée dans le rang des saints martyrs...

La discrétion des images compense donc leur profusion, voulue, puisque les retouches dans les manuscrits tendent à l'accroître plutôt qu'à la restreindre (deux ajouts dans la seule phrase « holding his *rapier* bill *with its sand-paper edge* », pp. 55-56). Profusion répartie selon de savants calculs : les images apparaissent en essaim, dans une ou dans plusieurs phrases successives, d'abord dans le portrait du héros avec des détails comme son visage raviné où transparaissent désert et océan, ou sa voile, drapeau provisoire de sa défaite en attendant le bon combat, qui le prédestinent à l'épopée ; elles se multiplient dans tous les passages héroïques ou lyriques : cinq images pour la bataille avec le couple de marlins (pp. 55-56) ; deux pour le ciel qui épargne au vieil homme la menace d'un ouragan (pp. 70-71) ; cinq pour l'émergence du grand poisson (p. 72) ; deux pour sa nage abyssale telle que le vieil homme l'imagine (p. 77) ; deux pour le sang qui jaillit de la bête achevée (p. 111) ; trois pour sa dépouille (p. 114) ; pas moins de sept pour le premier requin pillard (p. 118) ; et encore trois pour la bataille où s'amorce sa défaite (p. 120). Et les correspondances ravivant une image après son premier effet ne sont pas de hasard : le monstre mort revêt la même teinte plombée que la petite dorade précédemment tuée (pp. 129, 56).

Si l'on compare *Le Vieil Homme et la mer*, si riche en images, avec les lettres et articles de Hemingway, ou avec tel ou tel de ses propos rapporté par ses amis ou ses ennemis, on constate qu'avec la dernière manière du romancier le style de ses fictions s'est rapproché de celui de sa prose journalière ; une conclusion identique pouvait d'ailleurs être tirée de

Licorne de mer. Gravure du XVIIe siècle. Ph. © Bulloz.
Les créatures océaniques, hantises de l'imaginaire.

l'emploi qu'il se permet des termes étrangers. Mais si l'esthétique de Hemingway justifiait le terme étranger par les exigences du mot juste plus encore que par l'effet d'exotisme, en revanche elle tentait d'empêcher notre intérêt de s'arrêter à l'image, condamnée comme fleur de rhétorique. Est-ce là évolution normale de l'artiste qui, avec le temps, se relâche dans la sévérité de son goût ? A y regarder de plus près on constate que l'emploi qu'il fait de cet « ornement » a subi, au fil de son œuvre, une évolution révélatrice.

Les analyses rhétoriques ont montré que les images n'ont pas uniquement une valeur « pittoresque », avec la connotation péjorative qu'y mettait Hemingway. Des œuvres non romanesques, comme *Mort dans l'après-midi* ou *Les Vertes Collines d'Afrique,* qui veulent apprendre au lecteur quelque chose de l'art de toréer ou de chasser le fauve en Afrique, emploient systématiquement l'image pour aider à la description ou à l'explication, pour faire accéder à l'inconnu par le familier. Et c'est le cas, dans *Le Vieil Homme et la mer,* des images concernant des poissons ou des phénomènes nouveaux pour les lecteurs étrangers à la vie des tropiques. Mais le procédé ne vient pas seulement du besoin d'agrémenter une documentation ; il y a aussi le désir de communiquer un goût, une expérience. Dans *Mort dans l'après-midi,* traité d'initiation à la tauromachie, Hemingway, on l'a dit, précise au bout de cinq chapitres que pour apprécier vraiment la corrida il vaut mieux après tout y aller voir soi-même ; mais il avait commencé par se fier à la seule puissance du verbe, et plus précisément de l'image, quitte à faire excuser, mais sans le raturer, son « style fleuri » (*MDA,* p. 999).

C'est que l'image permet d'ajouter à la valeur référentielle du message une valeur composite, dépaysante, poétique pour tout dire. Mais elle a aussi double valeur de signal : elle révèle l'insistance du narrateur, et elle relance chez le lecteur la conscience d'une soudaine tension dramatique. Le procédé est relativement élémentaire, dans *Le Vieil Homme et la mer* du moins. On en trouve un emploi beaucoup plus subtil dans les autres œuvres. C'est que le narrateur, dans *Le soleil se lève aussi* ou dans la plupart des nouvelles, s'implique plus avant dans son récit, avec lequel il entretient des relations complexes qu'on a évoquées au chapitre II ; il est donc amené à utiliser des « manœuvres stylistiques », ruses volontaires ou inconscientes, pour pouvoir à la fois « dire et ne pas dire[1] ». La prose romanesque de Hemingway, procès-verbal constant de son expérience, et tout particulièrement celle de *Paris est une fête,* qui, d'outre-tombe, a suivi *Le Vieil Homme et la mer,* avec ses souvenirs exaltés et ses confessions déchirantes, fait en effet un usage très

1. C'est le titre de l'ouvrage d'Oswald Ducrot, une des premières études sur l'implicite, *Dire et ne pas dire : Principes de sémantique,* Paris, Herman, 1972, 1980.

élaboré et insistant des images comme signaux détournés ; mais *Le Vieil Homme et la mer* est une fable où l'allusion à la vie de l'artiste, pour autant qu'elle existe, n'atteint jamais la dimension dramatique et l'investissement éprouvant d'un aveu. Inutile donc de chercher dans l'emploi des images un message détourné. Le secret de la séduction est à découvrir ailleurs.

8. LES PETITS CAILLOUX

N.B. Ce chapitre aborde les « mécanismes délicats » de la prose du *Vieil Homme et la mer* et s'adresse au lecteur ayant quelques notions de grammaire anglaise.

Malcolm Cowley comparait la prose de Hemingway à de petits cailloux brillant dans le lit du ruisseau. Nous avons d'abord observé ceux dont les formes ou les couleurs vives attiraient l'attention ; mais on ne saurait sous-estimer les autres — ces mots d'un sou sur lesquels s'est portée une longue dispute entre Hemingway et Faulkner. Celui-ci ayant mis en cause la pauvreté de son vocabulaire, Hemingway s'était défendu d'ignorer les mots difficiles, tout en justifiant sa prédilection pour les mots simples :

« J'emploie les mots les plus vieux de la langue anglaise. Les gens croient que je suis un pauvre ignorant qui ne connaît pas les mots à dix dollars. Je connais les mots à dix dollars. Il y a des mots plus anciens et meilleurs qui, si on les dispose dans l'ordre convenable, collent mieux » (L. Ross, *in* Weeks, p. 28).

Ces petits mots anciens et nus qui ne sont riches d'aucune connotation, d'aucune image, qui ne servent qu'à véhiculer le message à son niveau le plus immédiat, apparemment le plus univoque, Hemingway ne les choisit ni ne les place jamais au hasard : on est stupéfait, au vu des manuscrits, de constater le nombre de corrections portant sur le vocabulaire courant, et sur la façon dont l'écrivain cisèle mots et tournures d'un sou pour les transformer en éléments précieux — aux deux sens du terme parfois. Ainsi se créent certains maniérismes lexicaux, morphologiques et syntaxiques, dont nous trouverons plusieurs exemples dans la prose apparemment si simple du *Vieil Homme et la mer*.

LES NOMS.

Pour commencer par la classe des substantifs, on peut s'étonner du nombre de termes qu'on appelle parfois mots abstraits, et qui entrent souvent dans la classe des substantifs indénombrables, du type *darkness* ; dans ce cas, certains grammairiens les appellent « prédicats nominalisés ». Hemingway a un faible manifeste pour ce genre de termes, qui lui permettent de jouer du contraste entre forme dérivée *(darkness)* et forme nue *(dark,* dans « in the dark ») : certains paragraphes ou certaines phrases du *Vieil Homme et la mer* sont construits autour d'un couple : « the dark of the water » / « the darkness of the stream », pp. 35-36, 57-58, 59, etc.; ou « the pull » / « the pulling », p. 105.

L'existence de ces formes quelque peu recherchées, comme « I will not have a failure of strength » (p. 64), ou « the eating of the dolphin » (p. 93), peut se justifier par le contexte espagnol. Mais elles passent du monologue intérieur à la narration où elles s'agglutinent : « He loved green turtles and hawk-bills with their *elegance* and *speed* and their great *value* and he had a friendly *contempt* for the huge, stupid logger heads » (p. 40) ; « ... showing all his great *length* and *width* and all his *power* and *beauty* » (p. 111). Pourquoi leur fréquence — une bonne vingtaine de forme en *-ness,* et davantage encore de formes en *-ing* — est-elle nettement supérieure à celle d'un autre roman espagnol, *Pour qui sonne le glas* ? On a un élément de réponse quand on remarque qu'ils se multiplient dans un passage où le récit décolle du réel : « He was sure there was some great *strangeness* » (p. 116). La forme grammaticale aussi fournit des indices.

Ces formes recherchées sont en outre mises en valeur par leur collocation : elles apparaissent très souvent dans le contexte *the X of Y,* lien très banal qui correspond à plusieurs transformations possibles.

L'auteur joue de cette simplification en surface qui crée des échos et fait rechercher en profondeur des constructions variées : « the gold of his side » (p. 43) ; « the strange undulation of the calm » (p. 70) ; « making a great bursting of the ocean » (p. 97) ; « in the acrobatics of their fear » (p. 118) ; « in the stupidity of their great hunger » (p. 126) ; naturellement l'auteur joue des assonances : « started the pivot*ing* and the weav*ing* pull*ing* » (p. 105), et des contrastes, surtout s'ils permettent une rupture de construction : « needed the *feel* of the tradewind and the draw*ing* of the sail » (p. 115) ; il ne répugne pas aux cascades de génitifs : « felt a faint slackening *of* the pressure *of* the line » (p. 101) ; « the reflected glare *of* the lights *of* the city » (p. 138).

Ces constructions sont d'ailleurs utilisées avec d'autres substantifs que les prédicats nominalisés et elles servent à construire certaines métaphores dont *Le Vieil Homme et la mer* abonde : « the great hill of his back », « the thin feathers of the cirrus », « the dark cloud of blood », etc. ; seul Dos Passos est plus généreux encore que Hemingway dans l'emploi de cette construction relativement simple qui constitue un dispositif d'échos très efficace.

Les exemples précédents permettent d'observer que les prédicats nominalisés bénéficient d'un contexte systématique en amont comme en aval : ils sont très souvent intégrés dans un syntagme prépositionnel, *with the...*, *in the...*

Poulpe colossal. Gravure du XVIIIᵉ siècle. Ph. © Archives Snark/Edimedia.

Exemples de syntagmes prépositionnels : « with the cold of the night » (p. 138); « with the red of the blood » (p. 138); et aussi « below the flight of the fish » (p. 38) ou « it stayed at the hardness and water-drop shivering that preceded breaking » (p. 83); *with* permet un jeu très étendu avec des noms « concrets » : « with its purple spots, [...] with its long flat body » (p. 85), mais aussi, on le verra bientôt, avec des formes verbales.

Autre possibilité, ces prédicats substantivés, auquel ne semble pas convenir le rôle de sujet grammatical, suivent souvent des verbes appartenant à un champ lexical très restreint, *make, feel, hear, notice,* ou le prédicat d'existence *there was* : « *made* an added drag » (p. 61); « *made* so much phosphorescence » (p. 62); « *there was* an added drag » (p. 77); « *there was* much betting » (p. 80); dans le cas des verbes de perception, c'est naturellement dans la partie narrative qu'ils sont de mise, puisque le maniérisme permet d'entrer d'un mouvement aisé dans la conscience du héros : « He carefully *felt* the pull of the fish and then *felt* with his hand the progress of the skiff through the water » (p. 59). Hemingway ne peut en outre résister à la tentation de l'amalgame avec ces verbes de sensation, par exemple un verbe d'audition suivi d'un bruit, ce qui est normal, puis d'une secousse, ce qui ne l'est plus : « He [...] *heard* the jaws *chop* and the *shaking* of the skiff as they took hold below » (p. 139). Ce genre d'audace, auquel, tout au long de sa carrière, Hemingway ne résiste pas plus que Proust, entre dans le plaisir de la virtuosité.

Il avait déjà cédé, en particulier dans *Pour qui sonne le glas*, à la coquetterie consistant à rapprocher ces formes nominales d'adjectifs inattendus, en particulier, des adjectifs ressentis comme métaphoriques, ou « concrets », contradictoires avec le noyau nominal , par exemple *« metallic rage »* ou « a *long, warm coolness* ». *Le Vieil Homme et la mer,* son sujet le demandant, revient à plus de discrétion. Hemingway se contente de mêler répétition et chiasme en reprenant un couple de termes avec une relation syntaxique inversée : « rubbery solidity » devient « solid rubberyness » (traduits respectivement par « résistance électrique » et « masse élastique », pp. 133-134).

Les corrections des manuscrits montrent comment le maniérisme s'est mis au point d'œuvre en œuvre ; une quinzaine de remaniements dans *Pour qui sonne le glas* ; pour le roman suivant, *Au-delà du fleuve et sous les arbres,* l'auteur ne s'était plus repris qu'une fois ; dans *Le Vieil Homme et la mer* il n'y a plus une seule retouche.

On pourra s'étonner de trouver de telles tournures dans un texte supposé « simple », à moins de les considérer comme relevant du style épique. Il fallait en tout cas signaler ce phénomène de substantivation peu conforme aux tendances du « style américain moyen », caractérisé, assure un de ses spécialistes, par sa réticence devant le « mot abstrait »[1].

Dernière remarque sur les substantifs, cette fois à propos d'un de leurs déterminants : on trouve dans *Le Vieil Homme et la mer* un emploi très curieux de l'article *the*, qui n'est pas l'un des hispanismes déjà signalés, lorsque Hemingway montre le grand poisson s'éloignant avec majesté : « The fish righted himself and swam off again slowly with *the* great tail weaving in the air » (pp. 109-110). Pourquoi « *la* queue » ? Est-ce une reprise ? une emphase déictique — regardez le tableau ! s'écrie le narrateur — ou faudrait-il même penser que l'article projette l'appendice dans la classe des objets uniques, comme le soleil et la lune, dont il partagerait le statut grammatical ? On voit comment le moindre « mot d'un sou » peut donner au texte une charge poétique d'abord insoupçonnée.

LES ADJECTIFS.

L'étude de l'adjectif se révèle un peu moins fructueuse, ce qui est après tout normal lorsqu'on pense que le dialecte américain est décrit pas Mencken ou Bridgman comme pauvre en adjectifs[2] ; en outre n'oublions pas les leçons du *Kansas City Star* au jeune journaliste (« Évitez les adjectifs, surtout les adjec-

1. Malcolm Cowley, « The Middle American Style : Davy Crockett to E. Hemingway», *New York Times Book Review* (15 juillet 1945), p. 14.

2. H. L. Mencken, *The American Language*, New York, A. Knopf, 1936, p. 464 ; R. Bridgman, *The Colloquial Style in America*, New York, Oxford University Press, 1966, p. 202.

tifs extravagants »), et les conseils d'Ezra Pound et de Gertrude Stein au jeune écrivain. Le fait est que la prose de Hemingway, surtout à ses débuts, est généralement pauvre d'adjectifs ; *Le Vieil Homme et la mer* n'en offre, bien plus tard, qu'un échantillonnage relativement modeste, en particulier pour les adjectifs composés dont l'étude des métaphores a déjà donné quelques exemples ; mais le nombre respectable d'adjectifs de couleurs dans les descriptions de paysages ou de poissons (pp. 27, 39, 45) nous rappelle que l'écrivain aurait pu songer à devenir peintre, comme le héros de *Îles à la dérive*, et on peut ici ou là déceler une certaine recherche.

On trouvera des exemples de cette recherche dans la paire « *sweet-smelling* and *good-tasting* » (p. 34), dans la redondance « each *calm placid* turn » (p. 107), dans les triades « the *purple, iridescent, gelatinous* bladder of a Portuguese man of war » (p. 39), ou « it was *sharp and hard-feeling and heavy* » (p. 103), ou simplement dans l'épithète inattendue « *friendly* piles of ice cream » (p. 70).

Notons ainsi l'accumulation d'adjectifs pour certains gros plans : « he lay in the stern in the sun, *compact* and *bullet-shaped*, his *big, unintelligent* eyes staring [...] with the *quick shivering* strokes of his *neat, fast-moving* tail » (p. 43) ; on évoquera dans le chapitre suivant le passage où le grand poisson émerge, moment d'intense émotion pour son adversaire

(p. 110) : il nous conduit déjà à soulever la question du rythme.

LES VERBES.

Dans la classe des verbes, *Le Vieil Homme et la mer* n'offre en fait de singularité marquée que le recours à la copule *be*, verbe simple s'il en est, mais privilégié pour introduire non seulement un adjectif ou un groupe d'adjectifs (« they *were* strange shoulders, still powerful although very old, and the neck *was* still strong too », p. 20), mais aussi un syntagme prépositionnel de préférence à une forme lexicale plus riche : c'est ainsi encore que l'auteur préfère « while he had *been in the fight with* the sharks » à « while he had *been fighting the sharks* » (p. 135).

Les prédicats nominalisés ont permis plus haut de déceler la présence de *there was*, prédicat d'existence, dans leur entourage. C'est une forme souvent employée par Hemingway. Il l'a probablement empruntée à Sherwood Anderson — avec, au début, une intention parodique — mais dès les premières nouvelles le pli était pris, et l'on voit *Le Vieil Homme et la mer* sacrifier au procédé avec la même insistance, au point de répéter la tournure dans deux phrases successives (p. 31). Le raffinement consiste à utiliser cette affirmation d'existence à la forme négative — dans un cas sur deux pour *Le Vieil Homme et la mer* — en particulier dans les moments de suspense déçu : « Then *there was nothing* » (p. 47) ; « *there was nothing* to be done » (p. 123).

Une des utilisations du verbe *be* correspond à l'emploi de la forme dite progressive, forme « en situation » qui montre le sujet engagé dans une action, un processus, diraient les grammairiens. Cette forme en *-ing* est capable de prendre, suivant le contexte, des valeurs diverses qui vont de l'aspect (duratif, résultatif, répétitif, indéterminé, etc.) à la modalité, et l'on devine, pour un écrivain en quête de correspondances et d'effets subtilement variés, l'intérêt de ce porteur polyvalent ; il faut encore y ajouter les possibilités qu'offrent les contrastes entre forme en *-ing* et forme nue — à la façon des prédicats nominalisés qui permettent, on l'a vu, le choix entre forme dérivée et forme nue.

Ici le jeu consiste à s'affranchir des règles qui régissent les reprises, et qui veulent, par exemple, que l'on conjugue de la même façon deux procès parallèles dans deux propositions coordonnées ; Hemingway, lui, utilise deux formes différentes : « The weight *increased* and *was going* straight down » (p. 48), pour deux procès peut-être différents dans leur sémantisme aspectuel mais que rapproche étroitement la coordination. Surprise comparable dans la phrase « They *were* always *flying* and *looking* and almost never *finding* » (p. 32), assimilant plusieurs verbes dans la même forme progressive, alors que le sémantisme de l'un d'eux — *find* est un verbe ponctuel — rend anormal son emploi avec *-ing* à moins d'un gauchissement sémantique ou de l'introduction d'une modalisation d'emphase.

On peut encore compliquer ce jeu des formes en *-ing* par l'emploi de formes non conjuguées, gérondif et surtout participe présent, en particulier participe absolu. Hemingway ne s'en prive pas : « The old man [...] kicked kim, his body still *shivering* » (« his body » est un ajout sur le manuscrit) ; « with his tail *lashing* and his jaws *clicking* » (p. 120) ; « without the fish *feeling* any tension » (p. 46), etc. La forme en *-ing*, ressource si courante de l'anglais, permet des variations et des assonances qui la rendent chère à Hemingway — moins encore, il est vrai, qu'à Dos Passos — à travers toute son œuvre, avec un premier maximum dans *Mort dans l'après-midi*, où elle est si envahissante qu'on pourrait même avancer l'idée que l'unité stylistique du livre tient au réseau tramé par cette forme ; le second maximum de ce réseau pléthorique, on le trouve dans *Le Vieil Homme et la mer*. Mais alors que *Mort dans l'après-midi* privilégiait les formes non conjuguées dans de très longues phrases, *Le Vieil Homme et la mer* offre une fréquence trois fois plus forte de formes progressives conjuguées, dans des phrases trois fois plus courtes ; elles permettent de mettre l'accent sur des gestes dont la réalité est signifiée au rythme normal de la prédication complète, sur des procès montrés en situation dans l'aventure qui les dramatise. Ce n'est pas là facilité : le nombre de retouches — pas moins de six — sur les manuscrits prouve assez la recherche laborieuse de cet effet dans cette prose où le savoir-faire du vieil écrivain permet un emploi quasi automatique des autres procédés.

Pour donner une idée de la fréquence des formes en *-ing*, voici le relevé de ces formes sur approximativement une page (pp. 42-43) : « They were *jumping* in all directions, *churning* the water and *leaping* in long jumps after the bait. They were *circling* it and *driving* it. [...] He watched the school *working* the water white and the bird now *dropping* and *dipping* into the bait fish. [...] He [...] felt the weight of the small tuna's *shivering* pull [...] The *shivering* increased [...] he thumped his life out against the *planking* of the boat with the quick *shivering* strokes of his neat, fast-*moving* tail. The old man [...] kicked him, his body still *shuddering*, under the shade of the stern. »

Le lecteur français trouvera cette partie de l'analyse d'autant plus aride que la traduction ne peut laisser transparaître que fort peu de ces ruses. Ce sont pourtant ces effets qui constituent le propre de l'écriture de Hemingway, et qui expliquent la fascination qu'elle peut exercer sur le spécialiste, alors que le lecteur non prévenu peut se laisser emporter par le texte sans soupçonner le moins du monde par quoi est programmé son confort : c'est le grand œuvre d' « alchimie » dont parle le discours de réception du Prix Nobel.

9. RYTHMES ET RÉSEAUX

On a vu que l'étude de la structure du roman amène à remarquer la répétition concertée de certains thèmes. Les mêmes effets de répétition, cette fois avec les « mots-cailloux » de la phrase, apparaissent dans l'écriture.

Hemingway en cela n'est pas un pionnier : pour Bridgman, spécialiste du style américain, la fragmentation syntaxique est une des caractéristiques du style familier de son pays. Mais ce style coupé, précise-t-il, recourt à l'emploi systématique de répétitions qui lui assurent une sorte de continuité rythmique. Il voit la phrase américaine type prenant son élan sur un mot clé qu'elle met en vedette dans une assertion simple, puis scandant par sa répétition sa démarche nonchalante[1]. Le «style soigné », académiquement parlant, peut bien condamner l'inélégance de la répétition, le fait est qu'elle a toujours eu sa place dans toute rhétorique, comme au reste dans toute forme d'art. Mais en outre la prose de Hemingway se conforme à une tradition nationale à laquelle avaient déjà obéi deux pionniers, Mark Twain et Sherwood Anderson, et à leur influence il faut ajouter celle, probable, de Joyce et surtout celle de Gertrude Stein, grand maître de l'art subtil et fort de la répétition. Il faut cependant reconnaître au cadet le mérite d'avoir popularisé, tout en le raffinant, cet art de ses aînés.

1. Bridgman, *op. cit.*, pp. 12, 21.

Selon Jakobson, la fonction poétique du langage « projette le principe d'équiva-

1. « Linguistique et poétique », *in Essais de linguistique générale*, Paris, Éditions de Minuit, 1963, p. 220.

lence de l'axe de la sélection sur l'axe de la combinaison[1] ». Passons donc à présent de l'axe des choix entre petits ou gros « cailloux » à celui de leur distribution dans la chaîne verbale, et voyons ce que l'art de Hemingway fait des mots dans la phrase.

DU PHONÈME À LA PHRASE.

Cet art atteint à la parfaite maîtrise avec *Le Vieil Homme et la mer*, dans les composants mêmes du mot, dans le jeu des phonèmes imitatifs : «the hissing that their stiff set wings made as they soared... » (p. 32); « a slow hissing sound» (p. 50). A l'échelle des termes lexicaux et des morphèmes grammaticaux les effets abondent qui avivent l'éclat de ces « petits cailloux » : tel un oxymoron mariant soudain deux termes contraires d'un même champ lexical : « then the fish came *alive* with his *death* in him » (p. 111); telle, plus simple, parce qu'elle est mise au compte du vieil homme, cette redondance exotique : « I will *kill* you *dead* » (p. 62). Nombreux sont les paragraphes où s'égrènent les mêmes mots répétés à deux, trois, quatre reprises, par exemple rebonds de circonstanciels. Citons « He lay in the stern in the sun », « over the old man and over all the skiff » (pp. 43, 111); ou, avec un changement de prépositions : « in the water over the side », « over the side and into the boat », « he got his head up from the wood and out of the slice of fish » (pp. 99, 43, 97). Parfois, comme dans l'art d'un conteur populaire, sinon par effet de primitivisme, c'est toute une proposition qui vient redoubler la proposition précédente : « The old man *hit* him. He *hit* him with his blood-mushed hands driving a good harpoon with all his strength. He *hit* it without hope but with resolution and complete malignancy » (« frappa... frappa... frappa », p. 120). Climat rhétorique d'épopée, proche de ceux de l'Ancien Testament, de *Moby Dick*, peut-être aussi de la facétieuse « Chasse au snark » de Lewis Carroll.

Le plus souvent toutefois les répétitions de la narration sont figuratives d'une cadence réelle, par exemple l'effort rythmé du vieux pêcheur scandé par quatre occurrences de *pull*, deux de *swinging*, *legs*, *shoulders*, et *body* (pp. 101-102). La durée de l'épreuve se mesure à la série des « on the next circle », « in his circle » (p. 107). Une des répétitions les plus visibles assure le passage du monologue du vieil homme à la narration, de la décision à l'acte : « I will *try* it once more [...] He *tried* it once more [...] I'll *try* it again [...] He *tried* it again [...] I will *try* it once again » (p. 109). Et c'est là le style même du vieil homme, style de pensée et d'action, style de vie ; ses apostrophes, ou ses incantations, au gros poisson, à ses mains, au requin, ont un rythme vite reconnaissable, qui provoque la sympathie ou le sourire du lecteur, joints au respect que le récit demande pour l'homme épique, l'homme de courage et de grand ahan : « Pull, hands, he thought. Hold up, legs. Last for me, head. Last for me » (p. 108). Les ruptures de construction — Hemingway pratique volontiers le saut d'une forme verbale à une forme nominale — sont d'autant plus efficaces qu'on s'habitue à ce battement régulier : « He watched *the sun go* down into the ocean and *the slant of* the big cord » (p. 85) ; « He held the line [...] and watched *it slant* in the water and *the skiff moving* steadily to the North West » (pp. 50-51) — on peut d'ailleurs hésiter ici entre le zeugma *(watched...slant / moving)* et le participe absolu (*watched...slant* and *the skiff [was] moving*).

LE RYTHME DE LA PHRASE.

Les exemples cités jusqu'ici prouvent l'importance des rythmes binaire et ternaire de la phrase dans *Le Vieil Homme et la mer*. Le soin qu'apportait l'artiste à leur recherche ressort éloquemment des manuscrits : la plus grande partie des corrections, en effet — une vingtaine — ne peut s'expliquer que par le parti d'accuser le rythme en ajoutant un élément — verbe, adverbe ou préposition — qui précise la symétrie. Sur cette lancée, l'énoncé s'achève souvent dans une sorte de clausule amplificatrice. Les exemples en abondent, ainsi quand la phrase décrivant le poisson, du rostre à la queue, se prolonge dans la succession et l'allongement progressif des syntagmes adjectivaux : « the fish [...] started to pass the boat, long, deep, wide, silver and barred with purple and interminable in the water » (p. 110) (*wide* est un ajout sur le manuscrit). La phrase court sur plus de sept lignes. On a bien vite remarqué que les phrases courtes, haletantes, sont des constantes de la prose de Hemingway. Les phrases du *Vieil Homme et la mer* ne font pas exception, plus brèves même en moyenne que partout ailleurs dans Hemingway. Toutefois le récit ne se refuse pas à la phrase ample. On pourrait en citer six qui dépassent les six lignes — l'une, en particulier, pour dire le rêve, longtemps espéré par le vieil homme, des lions sur le rivage (69 mots, pp. 95-96, découpée en sept phrases par le traducteur), ou cette autre, pour la lente remontée du poisson jusqu'au bateau (67 mots, p. 110, coupée en deux paragraphes dans la traduction). La proposition indépendante est l'exception. C'est ce qui explique l'effet de souffle dans la prose de ce livre, souvent signalé, sinon analysé, et qui, dans les autres œuvres, servait surtout à évoquer des paysages — ici aussi : les algues phosphorescentes couvrent une phrase de 60 mots (p. 31) — ou à décrire des gestes quand leur beauté était exceptionnelle. L'auteur tout le premier s'est plu à reconnaître cette parenté avec le souffle biblique : le texte y gagne, particulièrement celui du *Vieil Homme et la mer,* quelque chose d'une parole révélée. Ces constructions polysyndétiques et paratactiques servent aussi à entraîner le lecteur dans des mouvements dont il subit l'effet sans bien en voir au passage les mécanismes : tout particulièrement, la répétition de « and » lie par le parallélisme des propositions différentes, si bien qu'il est souvent difficile de décider si on se trouve en face d'un groupe ternaire ou d'un groupe binaire dont le dernier élément se subdivise à son tour. *And* substitue, dans l'accumulation, la forme la plus neutre d'enchaînement aux relations logiques de cause, de concession, de hiérarchie temporelle, etc. Ainsi, dans *Le Vieil Homme et la mer,* Hemingway ménage des glissades d'éléments entraînés l'un après l'autre par de simples « and », se gardant bien de ponctuer de virgules la dissymétrie sémantique des constructions. Hemingway comparait l'emploi de *and* à l'art du contrepoint. Il y a en fait plus qu'un effet de rythme, et les critiques n'ont pas manqué de noter qu'on pouvait interpréter d'une autre façon la parataxe et la « grande démocratie niveleuse » du *and.* On a pu remarquer que les constructions liées par *and* correspondent à un mouvement lyrique, non logique, et expliquer par l'anti-intellectualisme romantique ce refus de traiter la réalité dans la fiction par les

Goélette attaquée par un serpent de mer. Lithographie du xixe siècle. Ph. © Roger-Viollet.

méthodes de la pensée discursive classique. De fait, les autres romans et les nouvelles recourent sans cesse à cette subtile technique pour distancier un personnage aux capacités d'analyse réduites ou anesthésiées plus ou moins volontairement. Mais *Le Vieil Homme et la mer* est par là encore un récit simple, dont le narrateur ne veut manifester ni provoquer d'autre réaction au récit que le plaisir à l'épopée, et son héros peut bien s'interroger, mais il ne ruse jamais avec lui-même, dans la simple noblesse de sa candeur.

RÉPÉTITION ET MESSAGE : UNE TRIADE D'ADJECTIFS.

La même analyse vaut encore lorsqu'on dépasse le cadre du paragraphe, voire de la page. On découvre alors que le livre entier est innervé par ces réseaux d'éléments qui se répètent, à des distances plus ou moins sensibles d'abord : qu'on pense aux ressassements du vieil homme, « if the boy were here », ou « I have no understanding of it ». Cela va comme de soi. Mais la réitération, non contente d'installer un rythme, peut aussi véhiculer des significations discrètes, d'autant plus précieuses. Et si ce livre, qui a suscité tant d'exégèses, contenait, parmi les « petits cailloux » qui roulent dans le lit du récit, des éléments faisant fonction d'indices éventuels ? Qu'on pense à *La Perle* de Steinbeck où c'est de la symbolique des couleurs que sort le sens dernier de la fable.

La Perle, récit de Steinbeck publié en 1945, quelques années avant *Le Vieil Homme et la mer*, raconte l'histoire d'un pauvre pêcheur qui trouve la plus belle perle du monde ; au lieu de lui apporter la fortune et le bonheur, ce trésor se révèle maléfique pour l'imprudent qui la détient jusqu'au moment où il s'en délivre en la rejetant à la mer. « Si cette histoire est une parabole, dit l'auteur dans l'avant-propos, peut-être chacun y trouvera-t-il le sens qui le concerne et y trouvera-t-il le reflet de sa propre vie. » Le récit, très manichéen (« il n'y a que des choses bonnes ou mauvaises ou blanches ou noires », assure encore l'auteur), est fondé sur un symbolisme assez simpliste ; en particulier les couleurs ont chacune leur fontion stéréotypée : le vert est toujours symbole du beau et du bon et se trouve gratifié de l'adjectif *lovely* : « the lovely green water » ; le gris est toujours symbole du mal : « as ugly and gray as little ulcers », « gray and ulcerous », « ugly gray, like a malignant growth », etc. L'équation saute aux yeux, y compris lorsqu'elle s'inverse, et que le pêcheur cède au mirage de « the lovely gray surface of the pearl ».

Le Vieil Homme et la mer est jalonné de « signes » comparables, mais c'est de façon moins simpliste, la simplicité chez Hemingway n'étant pas précisément une qualité toute simple.

Trois adjectifs dont l'importance conjointe est restée inaperçue des commentateurs, *old, great* et *strange,* sont en rapport direct avec les questions soulevées par le livre.

Dans le premier, mis en vedette par le titre, est enclos le thème du vieillissement qui frappe le pêcheur dans ses forces, dans sa naïve confiance en elles et jusque dans sa chance, et peut-être est-ce là l'image d'une angoisse qui commence à obséder l'auteur. On pourrait hésiter pour *great* : la tombée de la plupart de ses emplois dans la banalité et l'atonie sémantique peut faire douter de l'importance que Hemingway lui a donnée ici. En fait cet écart de valeurs — constatable aussi pour *old* — est pour l'artiste l'occasion d'une réhabilitation frappante de l'adjectif. Le vieil homme et son aventure, tels qu'il les a racontés, satisfont trop aux critères de l'épopée pour qu'on en méconnaisse la grandeur. On est en outre surpris par la fréquence de l'adjectif, et aussi sa collocation avec l'adjectif précédent. Enfin, puisque l'auteur lui-même, comme par défi, dans le numéro de *Life* du 25 août 1952 qui en précéda la publication, qualifie son élucubration de « strange damn story » qui le trouble encore au bout de deux cents lectures, et qu'au demeurant on sait la valeur thématique du mot partout ailleurs chez Hemingway, il vaut la peine d'examiner de près la fréquence et la distribution de *strange*, qui a d'ailleurs attiré l'attention de certains critiques.

Voici donc, pour la triade *old*, *great* et *strange*, ce que le dépouillement du texte fait apparaître de plus manifeste et de plus suggestif.

Dans le cas d'emploi isolé de ces adjectifs, les quelque deux cents occurrences de l'expression figée « old man », sautent aux yeux, que ce soit dans la narration ou dans le dialogue, où elle apparaît à la forme vocative ou attributive : antonomase classique, elle remplace le nom propre du vieux pêcheur. Outre cet emploi pour ainsi dire homérique, on note, parmi les vingt-quatre autres occurrences, sa mise en rapport, dans la narration, avec des termes qui signifient, bien entendu, l'âge et le lointain du passé, mais qui manifestent aussi la familiarité de camarades ; c'est ainsi que le vieil homme applique l'épithète — c'est sa dernière occurrence — au grand poisson : « How many did you ever kill, old fish ? » (traduit « Mon petit vieux », p. 135), mais peut-être est-ce une façon de rapprocher les adversaires en assimilant les noms. Indice d'application exclusive, les seules personnes autres que Santiago qualifiées par l'adjectif sont des pêcheurs, mais des pêcheurs toujours « older », ou « younger » : le comparatif relativise et décale le terme par rapport à sa valeur absolue, et y fait disparaître ce qu'il avait de prestigieux, de légendaire.

Quant aux cinquante-huit apparitions de « great », en particulier les quatorze fois — douze dans le dialogue — où il décerne sobrement et fortement un éloge, le plus souvent à un champion, elles permettent de repérer deux passages d'un particulier intérêt. D'abord, dans la conclusion du dialogue entre le vieil homme et le jeune Manolin sur les héros du base-ball :

[Manolin] : « Who is the *greatest* manager, really, Luke or Mike Gonzales ? »

« I think they are equal. »

« And the best fisherman is you. »

« No. I know others better. »

« Qué va, the boy said. There are many good fishermen and some *great* ones. But there is only you » (p. 25).

L'autre passage concerne la partie de bras de fer mémorable qui a valu au vieil homme de devenir dans son milieu « El Campeon » (p. 81). Le vieil homme en évoque le souvenir au deuxième jour de son combat avec le grand poisson, au moment où il sent qu'il faiblit ; il pense alors à l'adversaire vaincu, « a fine man and a great athlete ». Ici comme dans le premier cas, l'adjectif « great » qualifie par excellence un champion, même s'il n'est que le second. De ces deux passages on rapprochera trois occurrences de l'épithète, rituellement accolée au nom de Di Maggio, chaque fois que le vieil homme, pendant sa lutte avec le monstre, cherche à s'encourager par l'exemple du dieu du base-ball (pp. 114, 115, 124). Jamais cependant le terme n'est appliqué à Santiago lui-même — pas même par Manolin, qui pourtant lui voue une admiration superlative, encore moins par le narrateur. Est-ce humilité, ou austère orgueil, quand on pense qu'il est si facile d'élargir la similitude entre le vieil homme et Di Maggio à Hemingway lui-même ? Mais peut-être n'est-ce là que raffinement de la technique du non-dit : par exemple dans l'histoire du héros de « Cinquante mille dollars », boxeur courageux s'il en fut, jamais absolument Hemingway n'a écrit le mot « courage ». Non qu'il n'aime parler de grandeur : il la reconnaît volontiers à la nature et à ses aspects, océan, île, montagne, oiseaux divers ; c'est surtout le grand espadon qui reçoit l'hommage, à pas moins de seize reprises, le vieil homme relayant le narrateur puisque le mot est six fois dans sa bouche ou dans sa pensée ; il est même le premier à l'appliquer au poisson, bien avant que son émergence ne justifie amplement la qualification : « The month when the great fish come » (p. 20, traduit par « grand »). Cette valeur superlative ou épique disparaît quand l'adjectif s'applique, neuf fois, à des mesures ou à des contextes familiers. Mais la répétition de l'adjectif dans le dernier passage où il apparaisse est curieuse :

« The wind is our friend, anyway, he thought. Then he added, sometimes. And the *great* sea with our friends and our enemies. And bed, he thought. Bed is my friend. Just bed, he thought. Bed will be *a great thing* » (p. 141, traduit par « la grande mer... Ça sera-t-y bon d'être au lit »).

Est-ce à dire que le sens est ici dans le langage de cet homme aussi fruste que grand, dans la pauvreté de son vocabulaire ? N'est-ce pas plutôt que le terme se dégrade quand le vieil homme cède à l'épuisement, au désenchantement, à la résignation ? Le même effet, mais moins accusé, se retrouverait alors à la dernière page du livre, dans les adjectifs caractérisant pour d'autres la queue du poisson ; au cours de la bataille héroïque c'était le mot « great » qui revenait cinq fois, au point qu'avec le substantif *fish* lui aussi s'imposait une sorte de cliché. Or ce que voit l'une des touristes c'est « a *great* long white spine with a huge tail at the end », et c'est encore « the long backbone of the *great* fish » qu'elle montre du doigt : les adjectifs « long » et « huge », en s'installant dans l'énoncé, ramènent «great» à leur niveau purement pittoresque ; et pourtant, malgré cette rentrée dans le rang, c'est ce mot, retour d'épopée, qui aura eu, au terme de la phrase, le dernier mot.

L'adjectif « strange » a une fréquence plus faible, puisqu'il n'apparaît que treize fois en regard des deux cents vingt-quatre occurrences de « old » et des cinquante-huit de « great » : six fois dans la narration et sept fois du cru du vieil homme. Aucun autre personnage n'emploie le mot ; à la différence des adjectifs précédents, il ne dépend d'aucun substantif qui lui serve de support. Le vieil homme l'applique à lui-même, ou au poisson — mais dans ce cas il est renforcé par un autre qualificatif du même champ sémantique, ou par un intensif. Certains faits peuvent aussi être dits « étranges ». La répétition, à trois lignes d'intervalle, de « strange light » (« clartés étranges », p. 39), est le signe avant-coureur d'un événement extraordinaire. Dans d'autres emplois triompheront l'allusion et le symbole : « He felt a strange taste in his mouth » (« goût bizarre », p. 140) — goût du sang et de la défaite ; de même, dans les « yeux étranges » du requin, on devine le reflet du Mal, ou de la mort, ou de quelque chose de plus vague et formidable encore (p. 119).

Hemingway semble s'être complu à l'emploi de ces adjectifs puisque dans l'épisode d'*Îles à la dérive* où est racontée, on l'a vu, une pêche comparable, on retrouve, à l'exclusion près de « old », le héros étant un adolescent, trois fois le groupe « the great fish », quatre fois « great », dont deux dans la description du poisson, et deux fois « strange » appliqué au jeune héros, en moins de vingt pages : Hemingway sait parfaitement, d'un livre à l'autre, comment faire du Hemingway.

La distribution des trois termes pris séparément est donc porteuse de sens par elle-même. La façon dont ils s'appellent ou s'associent est encore plus curieuse. On les retrouve tous les trois rassemblés au milieu d'un réseau d'échos sémantiques (« wonderful », « strong »), dans le paragraphe où le vieil homme se prend de pitié pour sa prise. C'est surtout par couples qu'on rencontre les composants de la triade. « Strange » et « old » sont ainsi rapprochés dans la narration pour constater par exemple une persistante jeunesse : « [his shoulders] were strange shoulders, still powerful although very old » (p. 20) ; « strange » est la conclusion du rapprochement de « old » avec un contradictoire « powerful ». Mais plus de médium dans ce que dira le vieux pêcheur de sa proie escomptée : « He is [...] strange, and who knows how old he is ? » (p. 54), ni non plus quand, parlant de lui-même, il ne peut mieux dire qu'en soudant les deux adjectifs : « I am a strange old man », à l'ouverture de l'histoire, dans sa conversation avec Manolin. Le ton n'a encore rien de dramatique, ce que souligne la traduction : « Je suis un drôle de bonhomme » (p. 15). Mais quand il repense à cet épisode, au moment de l'épreuve où nous l'avons vu à son heure de vérité, et qu'il reprend l'expression, c'est cette fois sur le mode héroïque (p. 76). En fait « old » et « strange » s'étaient déjà rencontrés de longue date : l'écrivain Hemingway de vingt-neuf ans avait fait dire au comte Greffi, le vieil homme de *L'Adieu aux armes* : « If you ever live to be as *old* as I am you will find many things *strange* » (« Si vous vivez aussi longtemps que moi, vous trouverez bien des choses étranges », *AA*, p. 251). A l'époque tardive où il écrivit *Le Vieil Homme et la mer,* on ne sait plus lequel, de lui ou du vieil homme, fait écho à l'autre, à en croire les confidences explicites rapportées par Lilian Ross ou Carlos Baker.

  « Strange » d'autre part se joint à « great » au moment où le poisson, dans une convulsion d'agonie, bondit hors de l'eau et semble un instant suspendu au-dessus de la barque. Vision quasi surnaturelle, à laquelle Hemingway fait réfléchir le vieil homme en recourant au mot clé :

« When he had seen the fish come out of water and hang motionless in the sky before he fell, he was sure there was some *great strangeness* and he could not believe it » (« il y avait là quelque chose de bien étrange », p. 116).

Le mot clé « strangeness » est ici substantivé, ce qui renforce le lien entre les deux termes. C'est l'unique passage où « great » est rapproché de « strange » sous son avatar lexical, mais aussi bien le fait coïncide avec un des points d'orgue du récit.

« Old » et « great » enfin, pour épuiser le cas de figure, ne se trouvent ensemble que dans une seule remarque du vieil homme : « I think of Dick Sisler and those *great* drives in the *old* park » (p. 23). Mais les deux adjectifs portent alors sur des termes différents, et surtout glissent dans la tonalité familière, ce qui destitue « old » à peu près de toute sa signification première. L'exception, ainsi amortie, confirme le constat : Hemingway n'éprouve aucun besoin, si même il ne s'abstient, d'associer les deux mots.

Il faut, reconnaissons-le, au lecteur une attention de spécialiste et un arrachement au plaisir direct de lire et même de relire, pour prendre conscience de ces réseaux ténus. Sont-ils l'effet d'une inspiration ponctuelle ou procédé délibéré de Hemingway ? On imagine bien comment il aurait éludé la question en parlant de hasard, ou de savoir-faire inconscient. Il a pourtant laissé des indices qui montrent que, si le bonheur de l'écriture consiste à laisser « le conte se faire tout seul », il faut aussi, pour corriger ou renforcer le dessin, tout l'art de la retouche : les adjectifs étudiés figurent dans quatre variantes des manuscrits, qui en comptent pourtant si peu. Trois manipulations ne font encore que renforcer le réseau : substitution de « the old man » à « he » (« While the old man was clearing the lines... », p. 56) ; ajout de l'adjectif dans « He took one look at the great fish » (p. 112) ; et insertion de la phrase entière « It is strange » (p. 98). Il en est une autre, révélatrice, dans le passage déjà cité où le vieil homme pense à son lit (p. 141). Sur le premier manuscrit, l'écrivain prêtait au vieil homme des considérations qui trahissaient trop une gaillardise commune, fausse note dans les pensées du vieil homme en de telles circonstances — en somme le repos du guerrier :

« Bed is my friend. *Why did I never love bed when I had her ? You did, he thought. But then you loved too many beds. But they* [corrigé en beds] *were all the same and the sea is a greater whore than them all.* Just bed he thought. » (Pourquoi n'ai-je jamais aimé le lit quand elle était là ? Mais c'est qu'alors tu aimais trop de lits. Mais tous les lits se valaient et la mer est la plus grande pute.)

Le sacrifice de quatre phrases consécutives préserve le prestige du vieil homme aux yeux du lecteur, qui sont devenus un peu ceux de Manolin, mais aussi, en déplaçant la collocation de « great », qui passe de « whore » à « thing », le texte semble s'attacher à suggérer l'impression dérisoire déjà notée.

Que conclure de ces couplages, et du refus constant, à une exception près, mais qui s'explique, d'associer grandeur et vieillesse par le même procédé qui rapproche étrangeté et vieillesse, grandeur et étrangeté ? Ce qui est étrange, c'est bien le refus de dire noblement, comme Victor Hugo, que « le jeune homme est beau mais le vieillard est grand ». Amer refus de se payer de littérature quand monte la peur de la déchéance ? Modestie naturelle caractéristique des héros de Hemingway ? Raffinement d'un goût très sûr qui veut le moins possible d'idées trop attendues du lecteur qui les croit « naturelles » ? Dans la partie de pêche d'*Îles à la dérive* un personnage en félicite ainsi un autre : « You are a *great* and good man », et le complimenté repousse les deux épithètes. Allant encore plus loin dans *L'Adieu aux armes*, le comte Greffi refusait déjà de faire rimer vieillesse et sagesse. Pour lui le corps vieillit — il a dépassé l'âge de Santiago — mais l'esprit veille : « La sagesse des vieillards, c'est une grande erreur. Ce n'est pas plus sages qu'ils deviennent, c'est plus prudents » (*AA*, p. 251). Quelque vingt-trois ans plus tard, le vieil homme se voit en termes assez semblables : « Peut-être que je ne suis pas aussi costaud que ça, dit le vieux. Mais je connais des tas de trucs et je suis têtu » (pp. 25-26). A cette leçon la plupart des critiques ont préféré un message plus héroïque mais plus conventionnel. Pour le lecteur français, s'il est attentif à la lettre du texte, une conclusion du moins s'impose : c'est que les réseaux d'un texte si « simple » en apparence ne passent pas sans faire problème d'une langue dans une autre.

Rien de surprenant à cela quand il s'agit de l'écriture de Hemingway : dans la plupart des romans, et surtout de ses nouvelles, elle recourt à des techniques aussi peu visibles ; c'est ce qui a valu à l'auteur sa réputation, méritée, d'artiste bon artisan, et à son œuvre celle, beaucoup plus trompeuse, on vient de le constater, de simplicité.

10. LA TECHNIQUE NARRATIVE

En 1947 Robert Penn Warren considérait déjà Hemingway comme un écrivain lyrique plus que dramatique ; or, ajoutait-il, la force d'un écrivain lyrique dépend de l'intensité de sa vision personnelle plutôt que de la création de personnages variés dotés de points de vue divergents[1]. C'est dire que, pour lui, le personnage le plus intéressant du monde de Hemingway, c'est la voix qui raconte. On comprend cette façon de présenter une œuvre où la plupart des critiques s'accordent à reconnaître une confession masquée. Mais vouloir débusquer la vérité d'un homme sous le masque du narrateur est une tâche d'intérêt discutable, ou du moins réduit ; mieux vaut chercher à comprendre comment l'écriture permet à l'écrivain de construire une Vérité, celle de l'œuvre d'art. L'étude du narrateur au travail dans la narration est pour le critique un problème primordial.

1. Robert Penn Warren, « Hemingway », *Kenyon Review*, 9 (1947), p. 28.

Hemingway lui-même, parfaitement conscient de l'enjeu, s'est plu à compliquer le problème de l'œil qui perçoit et de la voix qui parle, et à en essayer, de roman en nouvelle, nombre de solutions : récit à la première personne, avec un narrateur plus ou moins naïf, plus ou moins réticent ; récit à la troisième personne avec un narrateur omniscient qui tantôt parle devant la scène et tantôt semble s'effacer ; tantôt donne l'illusion de s'être totalement abstrait de la description qu'il fait des comportements, tantôt se confond avec ses personnages grâce aux techniques du monologue intérieur et du courant de conscience : « Il est plus difficile d'écrire à la troisième personne, mais l'avantage est qu'on est plus mobile » (Hotchner, p. 52). Les techniques de médiation du message offrent à qui

Ici, apparemment, la « simplicité » du récit déjoue les analyses s'aidant des plus sûres techniques stylistiques. La fable est racontée à la troisième personne par un narrateur assez discret pour que la première lecture ne permette pas de remarquer que tout ce qui se dit en fait est dit par lui, même quand il joue au ventriloque ; elle fait parler un jeune garçon et surtout un vieil homme censé avoir une forte propension au soliloque. Ses pensées peuvent aussi ne pas être exprimées à voix haute ; elles sont alors accompagnées du signal *he thought*, mais suivant que ce signal introduit la réflexion ou est placé en incise, il entraîne ou non l'emploi des guillemets, tout en respectant la syntaxe du discours direct. Ce sont autant de nuances qui peuvent difficilement passer dans la traduction. Les pages 32-33 offrent de bons échantillons de ces procédés : « ... and *he thought*, " The birds have a harder life... " [...] The moon affects her as it does a woman, *he thought* » (seul le premier *thought* est traduit en incise). Il en est une troisième, qui use bien du signal encore, mais qui laisse la parole au narrateur : *« He always thought* of the sea as *la mar... »* (« Il appelait l'océan... ») ; ou « the old man *thought* that a gaff and a harpoon were needless temptations to leave in a boat », p. 16 (non traduit). Avec ce troisième procédé, on retrouve les verbes déjà rencontrés avec ces prédicats nominalisés dont on comprend tout l'intérêt : l'attention est fixée par cette singularité, qui permet de laisser inaperçu le déclic des changements de point de vue. Précédés au besoin par le modal *can*, les verbes *see, watch, hear, feel*, mais aussi *notice, realize, know (= pouvoir, voir, regarder, entendre, sentir, remarquer, comprendre, savoir)* qui se multiplient de phrase en phrase, permettent au lecteur de passer, par va-et-vient, du vu — le comportement du vieux pêcheur — au connu — ses sensations ou ses pensées. Ainsi sont rendues plus discrètes l'omnipotence et l'omniprésence du narrateur, qui cependant se manifeste parfois pour, comme par télépathie, nous dire non plus ce que le vieil homme sait, mais ce qu'il ne sait pas : « He *did not know* the name of Rigel » (p. 87). Mais on peut toujours penser que l'ignorance ainsi dite du dehors est renvoyée au personnage, dans la conscience d'un manque, surtout quand le monologue intérieur prend le relais d'une narration déjà marquée par un *truly* : « He *did not truly feel* good because the pain [...] had [...] gone into a dullness that he *mistrusted*. But I have had worse things than that, *he thought* » (« Il n'est pas si à son aise... », p. 87). La transition est d'autant plus aisée qu'elle est immédiatement précédée du verbe *mistrust* ; les verbes ou syntagmes exprimant des sentiments d'affection, de pitié ou d'amour, *he was very fond of, sorry for* (pp. 32-41), *he loved* (p. 40), complètent ces techniques de passage, si bien qu'on peut se demander, par exemple p. 41, au compte de qui, du narrateur sortant de sa réserve, ou du vieux pêcheur commis par lui à la tâche de pensée parlée, doit être mis ce qui se dit des grosses tortues dont le sort fait pitié.

C'est souvent dans des passages commandés par des formes verbales signalant un commentaire que se produisent de telles ambiguïtés. Ainsi « he felt the light delicate pulling and then a harder pull when a sardine's head *must have been* more difficult to break from the hook. [...] ... watching it and the other lines at the same time for the fish *might have swum* up or down » (l'imparfait de « était moins facile » et de « pouvait se déplacer » rend bien la nuance, p. 47). Qui donc commente le fait qu'un oiseau ne peut comprendre le discours que lui tient le vieil homme (p. 63)? Qui pense et dit qu'il aimait bien la compagnie de cette fauvette des mers (p. 64), ou que sa main gauche l'avait toujours trahi (p. 82)?

Les manuscrits révèlent le calcul qui privilégie ces formes verbales favorables à l'ambiguïté : dans la phrase « The old man saw the brown fins coming along the wide trail the fish *must make* in the water » (« ce qui devait être... », p. 132), l'auteur prend soin de substituer un *must make*, avec sa forme modale, à un *made* simple prétérit de pur constat. Le glissement se trahit aussi par l'emploi d'embrayeurs inattendus, qui n'appartiennent pas au domaine du passé objectif : « this time » (p. 139), « now » (p. 140). Et quand surgit un *you*, certes générique, dans un contexte de discours au présent a-temporel — « If there is a hurricane you always see the signs of it in the sky for days ahead, if you are at sea » (« Un ouragan, cela se flaire de loin. Si on est en mer... », p. 70) — le lecteur ne peut s'empêcher de réagir à l'appel réitéré, mais à qui répond-il ?

C'est que, plus encore que chez Flaubert, qui devait rappeler d'assez loin en lui-même sa créature, Emma Bovary, narrateur et vieil homme ne font souvent qu'un, confondus dans la même passion et la même connaissance des choses de la mer. Simplement le narrateur tient compte sans cesse de ses lecteurs virtuels et détourne pour eux son récit, dans de brèves remarques signalant la qualité subtile d'une image, ou d'un mot juste qui pouvait passer inaperçu — et le lecteur, s'il sait bien lire, sourit en reconnaissant l'attention. Mais on est loin de l'impression souvent donnée par la prose de Hemingway d'un message second qu'on devine à une sorte de tension du récit.

Le Vieil Homme et la mer se veut récit « étrange », mais s'il plaît à tant de lecteurs et surtout à tant de lecteurs qui ne cherchent à tirer du texte qu'un plaisir pour ainsi dire primaire, c'est qu'en lui cette « inquiétante étrangeté » dont parlait Freud[1] reste quasi muette. Il reste, et c'est beaucoup, les effets immédiats et sûrs d'un lyrisme qui est à la fois poésie de l'exotisme, poésie de la nature et poé-

1. Freud, « L'inquiétante étrangeté », *in L'Inquiétante Étrangeté et autres essais, op. cit.*, pp. 213-263.

sie de l'épique, celle d'une belle aventure, heureuse et malheureuse, dans un monde d'une rayonnante immanence.

Dans son compte rendu du livre, où il prédisait dès 1953, par une clairvoyance étonnante, le suicide de l'écrivain, Saul Bellow remarquait : « Il a tendance à parler pour la nature elle-même. Si l'auteur et la nature s'identifiaient, l'un des deux subirait une victoire trop écrasante[1]. » La force de ce récit est peut-être que la voix immanente de l'auteur, pour peu qu'on ne se rappelle pas, au passage, ce qu'est un récit, passe pour celle de la nature même, et même le devient. Certains regrettent de ne pas pouvoir détecter, comme dans *Le soleil se lève aussi*, comme dans les nouvelles, les masques d'un narrateur jouant à cache-cache avec le lecteur averti. C'est oublier qu'ici Hemingway a choisi d'aller plus loin dans son art, et tente de devenir pleinement un auteur universel et non pas seulement le comparse d'un avant-gardisme où se sont cantonnés Gertrude Stein et Ezra Pound, si importants qu'ils soient. Universel, Hemingway l'est devenu, conteur qui comble le grand public sans renoncer en rien aux exigences de sa recherche d'artiste, grâce à son *Vieil Homme et la mer*, chef-d'œuvre, dans sa naïveté, au même titre que l'*Iliade* et l'*Odyssée* ou *Les Misérables*.

1. Saul Bellow, « Hemingway and the Image of Man », *Partisan Review*, 20 (1953), p. 342.

IV   LE MOT DE LA FIN

11. L'ACCUEIL, HIER ET AUJOURD'HUI

Avec *Au-delà du fleuve et sous les arbres*,
Hemingway avait joué sa célébrité
compromise, et, perdant, semblait avoir
tout perdu. Il refit le pari en 1952, avec *Le
Vieil Homme et la mer*, et cette fois il rega-
gna tout. Même avant la consécration
future du prix Pulitzer, puis du Nobel, le
livre eut dans le grand public un succès
prodigieux. Les critiques l'encensèrent à
l'envi. Enthousiasme d'autant plus zélé
sans doute que quelques mois plus tôt ils
donnaient l'écrivain pour fini.

« La meilleure histoire jamais écrite par Hemingway », s'exclama Cyril Connolly, qui, après avoir
éreinté *Au-delà du fleuve et sous les arbres*, comparait maintenant *Le Vieil Homme et la mer* à « Un
cœur simple » de Flaubert : « Un long affrontement physique est décrit avec des mots justes et en
termes dynamiques, tout comme les aspects chan-
geants et la mer immobile sont représentés dans
leurs couleurs authentiques, et l'âme du vieil
homme — humble, sans peur, réduite à son
essence — est, elle aussi, parfaitement rendue. »
Bernard Berenson fut encore plus lyrique : « *Le
Vieil Homme et la mer* de Hemingway est une
idylle de la mer, sur la mer, aussi loin de Byron et
de Melville qu'Homère lui-même, et dans une
prose aussi calme et puissante que les vers
d'Homère. » Même Faulkner, intraitable sur cette
prose à son goût trop facile, lui rendit un hommage
si hyperbolique, à un « peut-être » près, qu'il laisse
perplexe : « Son meilleur livre. Le temps montrera

peut-être que c'est la meilleure œuvre de nous tous. Je parle de ses contemporains et des miens[1]. »

1. Pour la réception du livre on consultera Baker, 1971, pp. 301-304 ; ou Meyers, 1987, pp. 489-491 ; ou Lynn, 1990, pp. 594-598.

Mais il s'éleva aussi, dès le début, des voix qui exprimèrent des réserves sur l'art de l'écrivain, et sur les raisons de l'engouement que ce *best seller* suscitait tant chez les professionnels et connaisseurs que dans le grand public : « Surenchère et soulagement se mêlent dans les louanges », observait finement Delmore Schwartz, qui, lui, avait exécuté *En avoir ou pas*. Oui, soulagement après la déception désastreuse de *Au-delà du fleuve et sous les arbres*, et surenchère parce que « ce nouveau livre est moins un chef-d'œuvre en soi qu'une prouesse technique qui rappelle le meilleur Hemingway ». Le livre devait en outre quelque chose de son succès au fait qu'en ce pénible début des années cinquante, il entrait dans un rapport complexe avec les désillusions, la crise de conscience d'une époque, tout autant qu'il tentait d'exorciser le mal d'être de son auteur : ce sont les débuts de la guerre de Corée et de ses implications humiliantes, avec le limogeage du général MacArthur, auteur de la célèbre remarque : « Les vieux soldats ne meurent jamais, ils se contentent de disparaître. » Bellicisme et pacifisme s'affrontaient, la guerre froide menaçait de tourner au conflit universel. C'est aussi l'époque du film *Le train sifflera trois fois*, western d'un genre nouveau où la victoire est passablement amère, et où triomphe un acteur donné pour fini, grand ami de Hemingway, destiné à mourir peu avant l'écrivain, Gary Cooper... Le héros américain n'était plus ce qu'il avait été, sentait sa légende s'user à des combats douteux.

Une semaine avant sa parution chez Scribner, en septembre 1952, *Life* sortit le texte intégral et en vendit, en moins de huit heures, cinq millions trois cent mille exemplaires. L'édition commerciale du *Vieil Homme et la mer* resta en tête des *best sellers* pendant vingt-six semaines. L'auteur signait un mirifique contrat avec Leland Hayward pour l'adaptation cinématographique de son œuvre. Si le film finalement tourné par la Warner le déçut profondément, non sans raisons, il contribua du moins à prolonger le succès du livre. Depuis sa parution les chiffres de vente n'ont jamais baissé, en Europe comme aux États-Unis et partout au monde où il est des lecteurs.

On peut aujourd'hui s'interroger sur les raisons d'un si colossal succès, jamais démenti, et se demander si les faiblesses dénoncées plus tard, avec le recul, par certains critiques, n'ont pas en effet quelque réalité : « sentimentalisme et apitoiement sur soi-même », « stoïcisme bien naïf », « banalités pesantes érigées en expressions de la sagesse populaire », « symbolisme chrétien dénué de naturel et de discrétion », « épisode final d'une ironie bien lourde », etc. On peut encore, se faisant l'avocat du diable, suspecter dans cette histoire de courage et de guignon un moralisme rampant, nostalgique des sermons entendus par l'enfant Hemingway au temple congrégationaliste. On peut enfin, pour revenir sur le style, être agacé par ce maniérisme de la simplicité, par ce mâle langage au cœur tendre. Mais un succès semblable n'a-t-il pas été fait à Camus tant pour sa morale que pour son style, tant pour son athéisme de bon ton, son humanisme méditerranéen, jugé « primaire », que pour son écriture dénoncée comme un charlatanisme — critiques exacerbées par un succès aussi prodigieux que celui de Hemingway ? Inutile de reprendre ici, pour balancer les formules assassines des détracteurs du *Vieil Homme et la mer,* ce qui a été dit des raisons plausibles de l'universalité de ce chef-d'œuvre, en particulier des thèmes de l'héroïsme obscur, du « combat épique dont les valeurs nobles et le dénouement ironique sont à l'image de la condition humaine[1] », de l'amitié profonde de deux êtres foncièrement bons, père et fils d'adoption solidaires dans les mêmes vertus, enfin et surtout la poésie irrésistible de la haute mer, de son ciel, de ses profondeurs, et de ce que la vie y a de sacré, d'adorable et de terrible. « Poème en prose décadent » ? Hemingway n'a-t-il pas dit dans *Les Vertes Collines d'Afrique* que la prose qu'il voulait écrire était encore plus difficile que la poésie ? Décadent ?

1. Nous avons emprunté ce résumé de critiques et d'éloges à J. Meyers, 1987, pp. 487-491.

E. Hemingway avec Spencer Tracy, repérant les lieux de tournage du film *Le vieil homme et la mer*, à Cojimar (Cuba). Ph. © ING/Copyright Studio.

Affiche du film réalisé par John Sturges en 1958. Ph. © Coll. Christophe L.-D.R.

Mais par rapport à quel genre, ou à quels chefs-d'œuvre qui eussent mieux dit avant lui ce que dit sa poésie?

On pourrait par scrupule s'armer d'un dernier doute, d'une dernière méfiance : dans cette histoire, le conteur n'aurait-il pas mystifié un public à trop bonne conscience, ou trop naïf, en lui donnant à admirer exactement ce qu'il attendait pour s'y reconnaître et s'y admirer? S'est-il joué du rêve américain dans une ultime et insolente parodie de son style? Ou bien s'est-il leurré sur la profondeur de son écriture? A-t-il été sa propre victime? N'a-t-il pas dû, comme les héros des fables, payer ce succès foudroyant et de mauvais aloi, par une vie consciente de cet échec, terminée dans le silence? Mais qu'importe que Hemingway ait été sincère ou non, et qu'il ait obéi à tel ou tel motif sournois, inavouable. Qu'importe si cette simplicité de cœur et de mots n'a été qu'une pose. Le plaisir à l'artiste ne demande pas qu'on sonde les reins et le cœur de l'homme qui n'est que débris biographiques ; et le plaisir à ses biographes, souvent pervers, n'est au mieux qu'un travail préparatoire. Notre plaisir de lecteur est de posséder le texte, et d'aider à le posséder, en sachant bien qu'en immobilisant entre nos mains sa fuite, sa vie, on le tue. Que *Le Vieil Homme et la mer* fuie donc longtemps devant le désir de ses lecteurs.

A La Havane, en 1962, au cœur de la ville, un souvenir vivace. Ph. © René Burri/Magnum.

DOSSIER

I. TÉMOIGNAGES

UN TÉMOIGNAGE CRUEL : GERTRUDE STEIN

Je me rappelle très bien l'impression que me fit Hemingway le premier jour. C'était alors un jeune homme d'une beauté extraordinaire, il avait vingt-trois ans [...], il avait un aspect étranger, avec des yeux qui rayonnaient d'un intérêt passionné, plutôt qu'ils n'étaient passionnément intéressants. Il s'assit en face de Gertrude Stein, il l'écouta et la regarda.

Ils se mirent alors à parler ensemble, et par la suite ils continuèrent souvent, beaucoup. [...] Gertrude Stein lut tout ce qu'il avait écrit jusqu'à cette date. [...] Gertrude Stein trouva les poèmes assez bons, directs et kiplingesques, mais elle n'approuva pas le roman. " Il y a là-dedans beaucoup de descriptions, dit-elle, et des descriptions pas très bonnes. Recommencez et mettez-y toute votre application ", conclut-elle.

Hemingway était alors correspondant à Paris pour un journal canadien. [...] Un jour elle lui dit : " [...] Si vous continuez ce travail de journaliste, vous n'arriverez jamais à voir clairement les choses, vous ne verrez que les mots et ça ne vous mènera à rien, je veux dire à rien si vous voulez être un écrivain. " Hemingway affirma qu'il voulait absolument être un écrivain. Lui et sa femme partirent alors. [...] Moins d'un an plus tard, ils revinrent avec un enfant nouveau-né. Il avait quitté le journalisme.

La première chose à faire à leur retour était, pensaient-ils, de faire baptiser le bébé. Ils dési-

Gertrude Stein, *Autobiographie d'Alice Toklas*, traduction Bernard Faÿ, Gallimard, 1934, pp. 224-232.

raient que Gertrude Stein et moi fussions mar-
raines, et un camarade anglais d'Hemingway
[Chink Dorman Smith] devait être le parrain. Nous
étions tous originairement de religions différentes
et la plupart d'entre nous n'en pratiquions aucune,
il était donc assez difficile de savoir à quelle église
l'enfant pouvait être baptisé. [...] Enfin il fut décidé
qu'il devait être baptisé épiscopalien. [...] Je trico-
tai un vêtement de laine clair pour le filleul. Pendant ce temps le père du filleul travaillait active-
ment à devenir un écrivain.[...]

Un jour Hemingway arriva très excité au sujet
de Ford Madox Ford et de la *Transatlantic Review*
[...] et dit que Ford voulait quelque chose de Gertrude Stein pour son prochain numéro, et lui,
Hemingway, voulait que l'on publiât *The Making
of Americans* en feuilleton dans la revue. [...]
Ainsi, pour la première fois, une partie de cette
œuvre monumentale, qui fut le commencement,
le vrai commencement de la littérature moderne,
fut publiée et nous en fûmes ravies. Plus tard,
quand il surgit des difficultés entre Gertrude Stein
et Hemingway, elle se rappela toujours avec grati-
tude qu'après tout ce fut Hemingway qui, le premier, fit imprimer une partie de *The Making of
Americans*. Elle dit toujours : " Oui, bien sûr, j'ai
un faible pour Hemingway. Après tout ne fut-il
pas le premier des jeunes à venir frapper à ma
porte et n'est-ce pas lui qui fit publier par Ford le
premier fragment de *The Making of Americans*? "[...]

Gertrude Stein et Sherwood Anderson sont fort
drôles quand ils parlent de Hemingway. La dernière fois que Sherwood vint à Paris ils parlèrent
souvent de lui. Hemingway avait été formé par
eux deux, et tous les deux ils étaient assez fiers et
un peu honteux du produit de leurs esprits. [...]

Comme je l'ai dit, lui et Gertrude Stein trouvaient un amusement sans fin à discuter ce sujet. Ils reconnaissaient que Hemingway n'était pas franc de collier. [...] " Mais quel livre, disaient-ils tous deux d'une même voix, quel livre ce serait que la véritable histoire de Hemingway, non pas ce qu'il écrit mais la confession du véritable Ernest Hemingway. Ce serait pour un autre public que celui dont il est admiré en ce moment, mais ce serait merveilleux ! " Et tous deux reconnaissaient qu'ils avaient un faible pour Hemingway, parce que c'est un si bon élève. " Il est un détestable élève, disais-je. - Vous ne comprenez pas, me répondaient-ils tous deux, c'est si flatteur d'avoir un pupille qui acquiert sans comprendre ; en un mot il est réceptif, et tout élève réceptif est un élève chéri. " [...] Gertrude Stein ajoutait aussi : " Vous voyez, il est comme Derain [...] ; il a l'air d'un moderne et il a l'odeur des musées. Mais quelle belle histoire que celle du vrai Hemingway, une histoire qu'il devrait raconter lui-même, mais hélas, il ne le fera jamais. Après tout, comme il le murmurait une fois lui-même, il y a la carrière, la carrière ! "

[...] Ainsi donc, la carrière de Hemingway avait commencé. Durant quelque temps nous le vîmes moins souvent, puis il reparut. [...] Hemingway préparait alors son volume de nouvelles qu'il allait présenter aux éditeurs américains. [...] Il le remit à Gertrude Stein. Il avait ajouté à ses nouvelles une sorte de méditation [...]. C'est alors que Gertrude Stein lui dit : " Hemingway, des remarques, ça n'est pas de la littérature. "[...]

Puis, durant quelques années, Gertrude Stein et Hemingway ne se virent plus. Ensuite on nous dit qu'il était de retour à Paris. [...] Un jour elle rentra, le ramenant avec elle.

Ils s'assirent et parlèrent longtemps ensemble. Enfin j'entendis Gertrude Stein qui disait : " Hemingway, après tout, vous êtes quatre-vingt-dix pour cent rotarien. - Ne pouvez-vous pas le réduire à quatre-vingts pour cent? demandait-il. - Non, répondait-elle, pleine de regret, je ne peux pas. " " Après tout, dit-elle toujours, il a eu, et je peux même dire, il a des moments de désintéressement. "

Après cela ils se virent souvent. Gertrude Stein dit toujours qu'elle aime à le voir, il est magnifique. " Et s'il voulait seulement raconter sa propre histoire! " [...]

" Cependant, quoi que je puisse dire, répète toujours Gertrude Stein, j'ai un faible pour Hemingway. "

HEMINGWAY EN DISGRÂCE AVANT
LE VIEIL HOMME ET LA MER

A la fin des années 4O, Hemingway avait déçu nombre de ses critiques, d'abord enthousiastes. Voici l'éreintement que lui inflige en 1946 le traducteur de ses premiers romans, qui avait beaucoup fait pour sa célébrité en France, Maurice Edgar Coindreau :

Le " genre " Hemingway ne convient plus à l'heure présente. C'était le style " prohibition". Cela ne se fait plus. Si Hemingway s'en aperçoit, c'est alors par bravade qu'il s'obstine à porter un costume désuet. Avec ses amis les ivrognes, les gangsters, les soldats et les filles de joie, il croyait habiter dans une forteresse. Ce n'était qu'un château de sable. [...] Hemingway nous apprend qu'un écrivain peut être tué par les éloges exagé-

Maurice Edgar Coindreau, *Aperçus de littérature américaine*, Gallimard, 1946, pp. 93-94.

rés de lecteurs trop aisément séduits. Au lendemain de *The Sun Also Rises* on l'éleva au rang des demi-dieux. Son public le transforma en un homme qu'il n'était pas. Il le doubla d'un matamore qui lui ressemble comme un frère mais qui n'est tout de même pas lui, et maintenant il ne peut se défaire de ce fantôme gênant. [...] Il se parodie lui-même et frappe dans le vide. Il bluffe. Il répète à tous les échos qu'il méprise la littérature et dédaigne les critiques, alors qu'il en est obsédé. Il s'affole, et se débat, et plus il se débat, plus il s'enlise. Ce jeu n'est plus de son âge. S'il veut vraiment nous montrer sa bravoure, qu'il tue ce double gênant qui l'accompagne comme une ombre fatale. Qu'il se contente d'être lui-même, un admirable styliste, un bon Américain sensible et bien sentimental. Ce n'est ni un penseur ni un psychologue. C'est un peintre qui sent la nature et sait l'exprimer mieux que n'importe lequel de ses compatriotes.

M.E. Coindreau conclut son analyse en reconnaissant :

Ce n'en est pas moins un auteur d'une importance considérable. Sans lui la jeune littérature ne serait pas ce qu'elle est devenue.

II. HEMINGWAY ET L'ÉCRITURE

LES CONFIDENCES DE HEMINGWAY DANS *MORT DANS L'APRÈS-MIDI* ET DANS *LES VERTES COLLINES D'AFRIQUE*

Hemingway évoque ses débuts dans l'écriture.

Je m'essayais alors à écrire ; j'éprouvais que la plus grande difficulté (outre savoir exactement ce qu'on a ressenti en réalité, et non ce qu'on aurait dû ressentir, et qu'on a appris à ressentir) c'était de noter ce qui s'était réellement passé, et, à l'aide d'un procédé ou d'un autre, on arrive à communiquer l'émotion au lecteur ; car l'actualité confère toujours une certaine émotion au récit d'un événement du jour. Mais la chose réelle, la succession mouvante de phénomènes qui a produit l'émotion, cette réalité qui serait aussi valable dans un an ou dans dix, ou, avec de la chance et assez de pureté d'expression, pour toujours, j'en étais encore loin et je m'acharnais à l'atteindre.

MDA, « Bibliothèque de la Pléiade », I, p. 988.

A propos du mysticisme et de l'épopée.

Lorsqu'un homme écrit avec assez de clarté, chacun peut voir s'il truque. S'il use de détours fallacieux pour éviter une affirmation nette, ce qui est très différent de violer les prétendues règles de syntaxe ou de grammaire pour produire un effet impossible à obtenir d'aucune autre façon, il faut plus longtemps pour découvrir la fraude de cet écrivain, et les autres écrivains soumis à la même

Ibid, p. 1035.

nécessité feront son éloge pour se défendre eux-mêmes. Le vrai mysticisme ne doit pas être confondu avec une incompétence à écrire qui cherche à donner un air de mystère là où il n'y a pas de mystère, mais seulement, en fait, la nécessité de camoufler un manque de connaissances ou l'inaptitude à s'exprimer clairement. Mysticisme implique mystère, et il y a beaucoup de mystères ; mais l'incompétence n'en est pas un ; non plus que les exagérations journalistiques ne se transforment en littérature par l'introduction d'un faux ton épique. N'oubliez pas cela non plus : tous les mauvais écrivains sont amoureux du ton épique.

La prose est architecture.

La prose est architecture, et non décoration intérieure, et le Baroque est fini. [...] Les personnages d'un roman doivent être, non pas des « caractères » habilement construits, mais des créatures jaillies de l'expérience accumulée par l'écrivain, de sa connaissance, de sa tête, de son cœur et de tout ce qui est en lui. Avec de la chance, et en s'y appliquant sérieusement, s'il réussit à les tirer tout entiers de lui, ils auront plus d'une dimension, et ils dureront longtemps. Un bon écrivain doit connaître chaque chose d'aussi près que possible. Ce n'est pas naturellement qu'il y parviendra. Un auteur de quelque envergure semble être né avec son savoir. Mais ce n'est pas du tout vrai ; il est seulement né avec l'aptitude à apprendre plus vite, à temps égal, que les autres hommes, sans être obligé à une application consciente, et avec une intelligence qui lui permet d'accepter ou de rejeter ce qui lui est déjà présenté comme savoir acquis. Il y a certaines choses qu'on ne peut

Ibid, pp. 1159-1160.

apprendre rapidement, et pour les acquérir il nous faut payer lourdement de notre temps, qui est tout ce que nous possédons. Ce sont les choses les plus simples, et, comme il faut toute une vie humaine pour les connaître, la petite connaissance nouvelle que chaque homme tire de la vie lui est très coûteuse, et c'est le seul héritage qu'il ait à laisser. [...] Si un prosateur connaît assez bien ce dont il écrit, il pourra omettre des choses qu'il connaît ; et le lecteur, si l'écrivain écrit avec assez de vérité, aura de ces choses un sentiment aussi fort que si l'écrivain les avait exprimées. La majesté du mouvement d'un iceberg est due à ce que un huitième seulement de sa hauteur sort de l'eau. Un écrivain qui omet certaines choses parce qu'il ne les connaît pas ne fait que mettre des lacunes dans ce qu'il écrit. Un écrivain qui se rend si peu compte de la gravité de son art qu'il ne s'inquiète que de montrer aux gens qu'il a reçu une bonne éducation, qu'il est cultivé ou bien élevé, est simplement un jacasseur. Et souvenez-vous aussi de ceci : il ne faut pas confondre écrivain sérieux et écrivain solennel. Un écrivain sérieux peut être un épervier ou une buse, ou même un perroquet, mais un écrivain solennel n'est jamais qu'un vilain hibou.

Hemingway explique les difficultés et les pièges de l'écriture à un chasseur rencontré en Afrique.

— ... Il faut trop de facteurs réunis pour le rendre possible.

— De quoi parlez-vous ?

— De ce qu'on peut écrire. Jusqu'où on peut mener la prose si on est assez sérieux et si on a de la chance. Il y a une quatrième et une cinquième dimension que l'on peut atteindre.

VCA, « Bibliothèque de la Pléiade », II, p. 24.

— Vous le croyez ?

— Je le sais.

— Et si un écrivain y arrive ?

— Alors plus rien ne compte. C'est plus important que tout ce qu'il peut faire. Il y a des chances, naturellement, pour qu'il échoue. Mais il y a une chance pour qu'il réussisse.

— Mais c'est de poésie que vous parlez là.

— Non. C'est beaucoup plus difficile que la poésie. C'est une prose qui n'a jamais été écrite. Mais elle peut être écrite, sans trucs et sans tricherie. Sans rien qui se gâte plus tard.

— Et pourquoi n'a-t-elle jamais été écrite ?

— Parce qu'il y a trop de facteurs en jeu. D'abord il faut du talent, beaucoup de talent. Un talent comme celui qu'avait Kipling. Et puis il faut de la discipline. La discipline de Flaubert. Et puis faut qu'il y ait une conception de ce que cela peut être et une conscience absolue aussi invariable que le mètre-étalon de Paris, pour empêcher toute tricherie. Et puis il faut que l'écrivain soit intelligent et désintéressé et par-dessus tout, qu'il survive. Essayez de réunir tout cela en un seul être et faites-lui subir toutes les influences qui pèsent sur un écrivain. Le plus dur, parce qu'il a si peu de temps, est qu'il survive et accomplisse son œuvre.

DISCOURS DE RÉCEPTION DU PRIX NOBEL, DÉCEMBRE 1954

Comme je n'ai aucune facilité pour faire des discours, ni le don de l'éloquence, ni le sens de la rhétorique, je désire simplement remercier de ce prix ceux qui gèrent la donation généreuse d'Alfred Nobel.

Aucun écrivain, sachant quels grands écrivains n'ont pas reçu ce prix, ne peut l'accepter qu'avec

Ibid, pp. 1623-1624.

humilité. Il est inutile de dresser la liste de ces écrivains. Chacun des assistants peut dresser sa propre liste selon ses connaissances.

Je ne saurais demander à l'Ambassadeur de mon pays de lire un discours dans lequel un écrivain dirait tout ce qui est dans son cœur. Ce qu'un homme veut dire n'est pas toujours immédiatement perceptible dans ce qu'il écrit et, pour ce qui est de cela, il a quelquefois de la chance ; mais, à la fin, ce qu'il veut dire deviendra tout à fait clair et c'est cela et le degré d'alchimie qu'il possède qui déterminera s'il durera ou sera oublié.

La vie d'un écrivain, en mettant les choses au mieux, est une vie solitaire. Les groupements d'écrivains pallient la solitude, mais je doute qu'ils améliorent son style. Son importance grandit aux yeux du public lorsqu'il renonce à sa solitude, mais souvent son œuvre en souffre. Car il œuvre dans la solitude et, s'il est assez bon écrivain pour cela, il doit chaque jour affronter l'éternité, ou son absence.

Chacun de ses livres devrait être, pour un véritable écrivain, un nouveau commencement, un départ une fois de plus vers quelque chose qui est hors d'atteinte. Il devrait toujours essayer de faire quelque chose qui n'a jamais encore été fait, ou que d'autres ont essayé de faire, mais en vain. Alors, quelquefois, avec beaucoup de chance, il réussira.

Comme il serait simple d'écrire s'il fallait seulement écrire autrement ce qui a déjà été bien écrit. C'est parce que nous avons eu de si bons écrivains dans le passé qu'un écrivain est maintenant obligé d'aller très loin par-delà l'endroit qu'il peut normalement atteindre, là où personne ne peut plus l'aider.

J'ai parlé trop longtemps pour un écrivain. Un écrivain devrait écrire ce qu'il a à dire au lieu de parler. De nouveau je vous remercie.

HEMINGWAY ÉVOQUE SES ASCENDANTS LITTÉRAIRES

Réponse à une question de George Plimpton :

Q : Qui considérez-vous comme vos ascendants littéraires : les hommes dont vous avez le plus appris ?

R : Mark Twain, Flaubert, Stendhal, Bach, Tourgueniev, Tolstoï, Dostoïevski, Tchekhov, Andrew Marvel, John Donne, Maupassant, le bon Kipling, Thoreau, le capitaine Maryat, Shakespeare, Mozart, Quevedo, Dante, Virgile, Tintoret, Hieronymus Bosch, Breughel, Patinier, Goya, Giotto, Cézanne, Van Gogh, Gauguin, saint Jean de la Croix, Gongora — il faudrait une journée entière pour se souvenir de tous, et alors j'aurais l'air de prétendre à une érudition que je ne possède pas et non de tâcher de me rappeler tous ceux qui ont eu une influence sur ma vie et sur mon œuvre. Cette question que vous me posez n'est pas vieille et terne. C'est une bonne question mais elle est pleine d'importance et elle nécessite un examen de conscience. J'ai cité des peintres — ou j'ai commencé à en citer — parce que les peintres m'en ont appris autant sur la manière d'écrire que les écrivains. Vous demandez comment. Il faudrait encore une journée pour vous l'expliquer. Quant à ce que peuvent vous apprendre les musiciens ou l'étude de l'harmonie ou du contrepoint, je suppose que cela devrait être évident.

Interview par George Plimpton, 1958, traduction Jacqueline Bernard, *in* Brown, 1961, pp. 244-245.

Pourquoi cette obsession de l'écriture ?

Pour un écrivain qui prenait tant au sérieux, au nom d'une vertu personnelle, la question de l'écriture, il est curieux que Hemingway n'ait jamais voulu porter ses réflexions à la connaissance du public sous une forme élaborée, conférence ou essai critique. Or non seulement il parle « autour » du sujet mais surtout il s'en tient à la parole orale. Certes la leçon y gagne en vivacité et en agrément. Mais on voit bien les moyens d'ambiguïté et de dérobade que fournit la conversation fictive, alors que l'écriture transforme chaque mot en pièce à conviction.

En fait, ce qui ne cesse de préoccuper Hemingway au premier chef, c'est le lecteur, cet Autre, avec lequel il cherche à instaurer une relation fort complexe dont romans et nouvelles nous offrent souvent un reflet : relation d'enseignant à enseigné — celle de Santiago et de Manolin —, qui correspond à un Hemingway jouant au profond connaisseur, au bon maître, devant le néophyte pénétré d'admiration et de confiance. Mais tout n'est pas si simple ; on a vu les sentiments de rancune ou de mépris méfiant que suscite le lecteur trop ou trop peu exigeant. Sous ce rapport précaire n'y a-t-il pas la conscience d'être le premier responsable, coupable peut-être du vice d'écrire, faute de mieux ? Cela, Hemingway ne l'avoue jamais formellement ; pourquoi, alors, dans *Le soleil se lève aussi*, Bill Gorton, par ailleurs le seul écrivain sympathique de toute l'œuvre, avoue-t-il, en face du jeune Romero, dieu de l'arène, dépositaire du Code du bien tuer et du bien vivre, qu'il a honte d'être écrivain ? (*SLA*, p. 198). Les spécia-

Geneviève Hily-Mane, *Le Style d'Ernest Hemingway : La plume et le masque*, Paris, PUF/Université de Rouen, 1983, pp. 75-79.

listes de l'œuvre n'ont pas été longs à remonter de ces symptômes textuels à l'homme, et à l'aversion que Hemingway éprouve pour l'homme qu'il est.

Dans ces conditions, en effet, la transmission du savoir et de la sagesse qu'il implique ne saurait être un don de leur totalité : celui qui donne porte au cœur trop de choses obscures. Hemingway ne s'est pas projeté seulement dans un Santiago, dans les rugueux mentors de son monde romanesque ; il est aussi, dans *La Grande Rivière au cœur double,* Nick Adams qui essaie de composer avec des souvenirs traumatisants, mais sans oser ouvrir l'oubliette aux démons ; et si, dans *Pères et fils,* il se promet d'en parler, l'événement est renvoyé à un « plus tard » qui signifie « jamais ». Exorciser le souvenir, c'est la nécessité clinique qu'il réaffirme jusque dans les dernières pages de l'œuvre, restées secrètes jusqu'à sa mort, dans *Îles à la dérive,* dans *Paris est une fête* et *Le Jardin d'Éden.* Or cette obsession cathartique ne se manifeste que pour se condamner au mutisme : « On ne se délivre jamais de ces choses-là [...] On ne les surmonte jamais et tôt ou tard je dois en parler [...] Raconter n'a jamais rien arrangé. Raconter est pire que de se taire pour moi » (*Id,* pp. 113, 384). On découvre ici une seconde relation, seconde ou plutôt première, primaire, qui unit le soi à soi, qui détermine et fausse la relation aux autres, et qui unit celui qui parle moins au destinataire qu'au message. Celui-ci devient alors le discours que décrit Benveniste, « appel et recours [...] souvent mensonger à l'autre »[1]. D'où ce mélange de conseils et de coquetteries par quoi l'écrivain occulte d'essentielles réticences. Le ressent-il comme un malheur ? Le discours de réception du prix Nobel permet d'en douter : « Ce qu'un homme veut dire n'est pas

1. Emile Benveniste, « Remarques sur la fonction du langage dans la découverte freudienne », *Problèmes de linguistique générale,* Paris, Gallimard, 1966, t. I, pp. 207-208.

Paul Cézanne : *L'Estaque, vue du golfe de Marseille*. Musée d'Orsay, Paris. Ph. © Giraudon.
« Il ne distinguait plus la ligne verte du rivage ; seuls les sommets des collines bleues se
détachaient en blanc comme s'ils étaient couverts de neige. »

toujours immédiatement perceptible dans ce qu'il écrit et, pour ce qui est de cela, il a quelquefois de la chance. »

La chance pour l'écrivain Hemingway consiste-t-elle donc à être compris malgré lui ou au contraire à ne l'être jamais dans l'intimité de ses plus grands secrets ? On comprend pourquoi il redoutait tant le lecteur capable entre tous de pousser trop loin l'interrogatoire du texte et de l'auteur, le critique, indispensable comme un parasite, et toujours suspect de lèse-majesté. Conflit qu'il souhaitait pourtant voir cesser ; mais, finit-il par remarquer devant un journaliste, la mort seule peut réconcilier avec le regard de l'autre[1].

1. R. Manning, « Hemingway in Cuba », *The Atlantic,* 116 (août 1965), p. 104.

III. HEMINGWAY COMMENTE SON LIVRE

On donnera en épigraphe à ce dossier une anecdote contée par Carlos Baker, fort révélatrice du peu d'intérêt que l'écrivain accordait aux interprétations symboliques.

Un journal de La Havane fit la critique du *Vieil Homme et la mer* en insistant beaucoup sur son symbolisme caché. Ce terme intrigua un pêcheur de l'endroit.

— Ernesto, lui demanda-t-il en espagnol, qu'est-ce que le symbolisme ?

Ernesto sourit.

— Symbolismo *[sic]*, dit-il sentencieusement, es un truco nuevo de los intelectuales.

Carlos Baker, *Ernest Hemingway, Histoire d'une vie*, Laffont, 1971, p. 303.

LETTRES DE HEMINGWAY SUR *LE VIEIL HOMME ET LA MER*

Lettre à Charles Scribner, son éditeur, 5 octobre 1951.

C'est la prose que j'ai visée toute ma vie et qui devrait se lire facilement et simplement et paraître brève et avoir pourtant toutes les dimensions du monde visible et du monde d'une âme humaine. C'est de la prose aussi bonne que je suis capable d'écrire à l'heure qu'il est.

Lettres choisies, Gallimard, 1986, p. 842.

Lettre à Wallace Meyers, 4 et 7 mars 1952.
Hemingway présente son livre à Wallace Meyers, le successeur de Marx Perkins chez Scribner.

Il est long de 26 531 mots. Il peut ne pas sembler possible de publier un livre de cette longueur. Je sais pourtant que dans l'histoire de l'édition il y a eu des livres de cette longueur qui ont eu une vente extraordinaire et continue. Je ne vais pas essayer d'attirer votre attention sur ses qualités ou ses implicacions (orthographe douteuse). Mais je sais que c'est le mieux que je puisse jamais écrire et cela de toute ma vie, et que comparé à lui un travail de qualité est réduit à néant. Je tâcherai d'écrire mieux mais ce sera dur. Ne pensez pas je vous en prie que j'ai une poussée de fatuité. Je suis un écrivain professionnel et je sais de quoi je parle. Ce n'est ni un récit ni une nouvelle. [...]

Ibid, pp. 863-865.

Tactiquement le publier maintenant nous débarrassera de cette école de critique selon laquelle je suis fini comme écrivain. Ça réduira à néant l'école de critique qui prétend que je suis incapable d'écrire sur rien d'autre que moi-même et mes propres expériences. Cela nous donnerait, à la longue, un grand avantage stratégique. Ces termes martiaux sont extrêmement ennuyeux. Mais pas plus ennuyeux que d'entendre des généraux parler en termes de football. [...]

J'en ai assez de ne rien publier. D'autres écrivains publient des livres courts. Mais je suis toujours sensé prendre mon temps pour accoucher de *Guerre et paix* ou de *Crime et châtiment* sinon je suis considéré comme un bon à rien. Ceci est probablement très mauvais pour un écrivain. [...]

Ce que vous allez lire je l'ai lu environ vingt fois en plus de l'avoir lu tout entier à partir du début au fur et à mesure que je l'écrivais. Suis sûr qu'en dehors de corriger les fautes de frappe de Mary ou mes propres fautes d'orthographe il n'y aura pas grand-chose que je veuille changer si même il y a quelque chose. Mais il peut toujours y avoir une possibilité pour moi de l'améliorer.

Lettre à Bernard Berenson, 11 septembre 1952.

Il n'y a aucun symbolisme. La mer est la mer. Le vieil homme est un vieil homme. Le jeune garçon est un jeune garçon et le poisson est un poisson. Les requins sont tous des requins ni meilleurs ni pires. Tout le symbolisme dont parlent les gens est de la connerie. Ce qui va le plus loin est ce qu'on voit plus loin quand on sait. Un écrivain devrait en savoir trop.

Ibid., p. 888.

Lettre à Bernard Berenson, 13 septembre 1952.

Ai pensé qu'on pouvait prendre l'océan non comme une force hostile mais comme l'océan : la puta mar que nous avons aimée et qui nous a donné à tous la chtouille et aussi la vérole. Nous l'appelons toujours la puta mar et je suppose qu'on ne peut pas aimer d'amour une putain mais qu'on peut avoir beaucoup d'affection pour elle et la connaître bien et continuer de la fréquenter.

Ibid., p. 887.

IV. L'ACCUEIL EN FRANCE

ROMAIN GARY : CONSEIL AUX JEUNES ÉCRIVAINS FRANÇAIS

Je voudrais que tous les jeunes écrivains français se penchent longuement sur *Le Vieil Homme et la mer*. Je ne leur conseille pas de l'apprendre par cœur ; ce serait impertinent. Mais ils trouveront dans ce récit une réponse qui n'est pas nouvelle, puisqu'elle est vraie et donc permanente, présente éternellement parmi nous comme les vieux murs et le pain : une réponse admirable de vérité artistique et de vérité tout court au grand problème qui les tourmente et avec lequel ils tournent les autres avec un si grand talent : je parle du problème de Sisyphe, bien entendu. [...]

On sort de cette lecture victorieux et grave, et rassuré, avec le sentiment que, pour l'essentiel, il ne peut rien nous arriver. A aucun moment l'écriture n'est symbolique ou allégorique ; mais on sent dans la lutte entre Santiago et sa proie, la présence de tous les enjeux que l'homme ait jamais disputés, on sent passer le souffle de toutes ses victoires volées.

A un écrivain, l'œuvre donne l'impression que tout a été soudain dit. Que la morale de l'histoire est aussi la morale de l'Histoire. A un simple amateur de la pêche de profondeur, elle donne le sentiment de vivre une aventure bouleversante. A tous ceux qui ont connu la victoire ou l'échec, elle apprend la vérité sur les deux. A ceux qui aiment simplement la mer et la nature, elle offre la mer et toute la grandeur toute-puissante de la nature capturées à jamais entre les pages d'un livre. A

« Le retour du champion », *Les Nouvelles littéraires*, 11 septembre 1952, p. 1.

l'artiste, elle apprend tout ce qu'on peut apprendre sur le métier.

JEAN GUÉHENNO : *LE VIEIL HOMME ET LA MER*

Le Figaro, 3 janvier 1953

On voit bien là ce qu'est un beau conte, quelle concentration il suppose dans le poète, et pourtant quelle présence a tout. Il ne s'agit jamais peut-être que de regarder les choses et les hommes avec tout le cœur qu'il faudrait. Elle est, cette histoire, au point juste, entre ces récits bâclés, ces « tranches de vie » qui ne veulent vous saisir que par leur brutalié, et ces romans, à l'inverse trop habiles, qu'on nous fabrique tant aujourd'hui, embarrassés de techniques artificielles, où il n'est plus de temps sous le prétexte de nous le faire mieux sentir, où les personnages divaguent pendant des jours sans aurore et sans crépuscule, où la simultanéité se bat avec le monologue intérieur, où les échafaudages empêchent de voir la bâtisse, où des pantins bavards, habillés de défroques idéologiques, « économiquement forts et faibles », tiennent la place de ce que, dans le vieux langage, on appelait naïvement des riches et des pauvres. Ces sornettes techniques et savantes ont égaré depuis dix ans bien des jeunes romanciers. Elles nous étaient venues d'Amérique. Mais ce grand récit simple en vient aussi.

MARCEL BRION : GOETHE, MELVILLE, STEINBECK...

Le Monde, 28 avril 1953.

Ce récit représente à peu près ce qu'avait été Faust pour Goethe : « Une pensée de la jeunesse accomplie dans l'âge mûr. » [...] Il démontre une fois de plus la naissance dans la littérature américaine des grands mythes dont le *Moby Dick* de Melville et *La Perle* de Steinbeck fournissaient déjà des exemples. Avec *Le Vieil Homme et la mer* le mythe prend un développement prodigieux et devient un magnifique symbole de la destinée humaine. [...]

[La] conclusion représente-t-elle la philosophie d'Ernest Hemingway, la désolante conception de l'inutilité de la lutte, de l'inutilité de la vie, et qui, si nous l'admettons, ferait du *Vieil Homme* une épopée existentialiste ? Mais il n'est pas possible que l'existentialisme inspire l'épopée ; les deux mots jurent ensemble. [...] J'admets que ce livre si riche, si plein, propose à chaque lecteur une solution différente.

JEAN DUTOURD : L'AVIS DU TRADUCTEUR

Arts, 17 octobre 1952.

On n'a pas si souvent l'honneur et la joie de traduire une chose pareille. Il me semble parfois que j'apporte à la coupe des phrases et au choix des mots plus de soin que pour mes propres livres. Cet effort pour rendre une pensée qui n'est pas la mienne ne me chagrine pas [...] J'y puise une leçon plus féconde qu'aucun écrivain ne saurait me donner — oralement.

V. CRITIQUES ET INTERPRÉTATIONS

HEMINGWAY ET L'EXALTATION DE L'INSTANT

Voici le résumé, par F.C. Carpenter, des théories psychologiques et philosophiques qui ont guidé Hemingway dans la composition de ses romans, en particulier *Pour qui sonne le glas* et *Le Vieil Homme et la mer*.

L'expérience immédiate et de courte durée, observée de manière réaliste, est décrite d'abord telle qu'elle est subie « en notre temps ». Le protagoniste sort de cette expérience intensément ému mais dans un état de confusion spirituelle qui lui donne l'impression de se trouver devant le néant ou nada. Cependant, l'expérience immédiate fait surgir le souvenir personnel d'autres expériences analogues, ou bien le souvenir historique d'expériences similaires dans l'histoire d'autres nations, ou encore des souvenirs mystiques ou « raciaux ». [...] Ces rappels fragmentaires d'expériences similaires, en associant l'individu à d'autres hommes, d'autres lieux et d'autres temps, suggèrent des significations et des formes nouvelles. Enfin, la conscience d'un certain rythme et d'une certaine valeur implicites dans l'expérience immédiate individuelle donne à celle-ci plus d'intensité et l'enrichit d'une nouvelle « dimension » qui n'était pas apparente au moment même de cette expérience. [...] Dans ses premiers romans, Hemingway décrit déjà l'expérience immédiate de l'amour ou

Frederic C. Carpenter, « Hemingway et la cinquième dimension », pp. 135-147 in *Configuration critique d'Ernest Hemingway* (Maurice Beebe *ed.*). Paris, Lettres Modernes, 1957. (Coll. « La Revue des Lettres Modernes » 31-34 ; Coll. « Configuration critique » 2).

*Jonas sort indemne
du ventre de la baleine.*
Miniature du XVe siècle.
Musée Condé, Chantilly.
Ph. © Roger-Viollet.
« Mais pour le vieux,
l'océan c'était toujours *la mar,*
quelque chose qui dispense
ou refuse de grandes faveurs... »

de la guerre, mais sans en découvrir la valeur et sans aller vraiment jusqu'à l'extase. [...] Avec *Le Vieil Homme et la mer*, l'idée se fait chair et le mysticisme devient parfaitement naturel.

Mais l'idée de l'expérience intensifiée du présent immédiat n'est pas simple et le mysticisme auquel elle aboutit n'a rien de traditionnel. Hemingway lui-même en indique certaines conditions nécessaires : [...] il faut avoir déjà beaucoup vécu et apprécié la valeur du temps. [...] ; il faut aussi une certaine maturité, et le héros doit avoir « un certain âge ». [...] Enfin il s'agit d'une expérience exceptionnelle. [...] L'extase de cette nouvelle expérience est donc mystique dans tous les sens du terme. [...]

L'intensité de cette expérience d'une cinquième dimension par-delà le temps vient peut-être, finalement, d'un sens profond de participation au rythme traditionnel de la vie. C'est ce que suggère Beach lorsqu'il parle d'un « sens de participation à l'ordre moral du monde ». [...] De façon paradoxale, l'amour et la guerre deviennent suprêmement « moraux » et l'intensité de l'expérience qu'ils offrent peut conduire à une extase mystique. Si l'auteur n'en décrit que l'aspect violent relevant du domaine de la sensation, et s'il se borne à un réalisme à trois dimensions, tout devient nada. [...] Il n'y a ni quatrième ni cinquième dimension. Mais dans *Le Vieil Homme et la mer*, Santiago non seulement applique la technique traditionnelle de son métier, mais il va jusqu'à identifier sa propre souffrance à celle du grand poisson qu'il va tuer. En racontant l'histoire du vieux pêcheur, Hemingway a réalisé cette synthèse de l'expérience immédiate et du mysticisme qu'est sans doute la « cinquième dimension ».

N.B. Cette « exaltation de l'instant » avait, en France, retenu l'attention de Claude-Edmonde Magny, qui en fit le titre de son étude sur Hemingway, en 1948.

L'AMBIGUÏTÉ DE HEMINGWAY : SYMBOLISME ET IRONIE

E.M. Halliday tente d'éclairer « l'impression mystérieuse » que produit l'art particulier de Hemingway (qu'il considère comme « un écrivain essentiellement philosophique »).

En quoi consiste donc cette manière particulière ? C'est avant tout un art d'implication. [...] Il s'agit de savoir quelle est la technique narrative dont il exploite les ressources afin d'appliquer à son œuvre le principe de l'iceberg. Je ne me souviens pas avoir lu le mot « symbolisme » dans les critiques de Hemingway avant 1940, mais par contre, je crois n'avoir trouvé qu'un article critique sur *Le Vieil Homme et la mer* qui ne fût pas étayé sur ce mot. [...]

Hemingway est-il un symboliste ? Il me semble qu'il utilise certaines techniques symbolistes mais d'une manière très limitée et étroitement contrôlée. [...]

A ma connaissance, Hemingway n'a jamais écrit d'allégorie, en dépit des interprétations brillantes que l'on a pu donner de son roman *Le Vieil Homme et la mer.* [...]

Hemingway a fait usage d'un symbolisme d'association pour exprimer ce qu'il avait à dire, depuis l'époque de ses premières publications en Amérique. [...] Dans *Le soleil se lève aussi* et *L'Adieu aux armes* [...] il s'en remet à la technique du résumé objectif, qui est, si on veut, une tech-

E.M. Halliday, « Symbolisme et ironie chez Hemingway », pp. 162-190 in *Configuration critique d'Ernest Hemingway* (Maurice Beebe *ed.*). Paris, Lettres Modernes, 1957. (Coll. « La Revue des Lettres Modernes » 31-34 ; Coll. « Configuration critique » 2).

nique symboliste, pour exprimer les états sub-
jectifs de ses personnages. Les détails choisis ne
sont pas tant ceux qui produisent l'émotion que
ceux qui la résument. [...]

A propos de la méthode narrative de Hemingway, on peut parler de symbolisme au sens large,
comme on peut dire de tout bon roman qu'il est
symbolique parce que les personnages principaux
ont une signification sur plusieurs plans. [...] Le
vieux pêcheur cubain figure en quelque sorte
l'ensemble de la race humaine dans sa lutte pour
la vie. Mais si la critique récente a vu en Hemingway un symboliste c'est pour des raisons plus
subtiles que ces observations tangibles. [...]

On a tendance à oublier qu'il existe un autre
type très caractéristique d'ambiguïté et qui fait de
lui, dans ses meilleurs livres, un grand maître de
l'art d'implication, c'est l'ironie. [...] Depuis ses
premières œuvres, le grand thème de Hemingway
a toujours été la disproportion ironique entre
l'attente et la réalisation, le désir et la réalité,
l'intention et l'action, le message envoyé et le
message reçu, l'illusion et le réel. Et, pour exprimer ce thème, il a dû rechercher une méthode
artistique fondée sur l'ironie. [...]

Ce qu'il faut surtout noter chez Hemingway,
c'est sa prédilection pour un mode d'expression
implicite plutôt qu'explicite. Or le symbolisme,
comme l'ironie, répond à cette exigence artistique. [...] Prenons *Le Vieil Homme et la mer*. Le
triomphe physique du vieux pêcheur est ironique-
ment réduit — ou élevé — à un triomphe d'ordre
spirituel, car les requins avides ne lui laissent que
le squelette de cet espadon dont on n'a jamais vu
le semblable à Cuba. Sans attribuer à la métaphore un sens bien défini, on peut dire que l'effet

Lithographie d'André Minaux pour *Le vieil homme et la mer*, in Ernest Hemingway, *Œuvres complètes*, André Sauret, 1963. Collection particulière. Ph. Éditions Gallimard © A.D.A.G.P., 1991.

ironique de l'événement lui-même n'aurait pas tant
de valeur s'il ne suggérait pas symboliquement un
sens plus vaste et plus profond. Il est sans doute
vrai que toutes les perceptions se ramènent finalement à des perceptions de ressemblance et de différence. [...] Le symbolisme repose sur une harmonie, il renforce et synthétise ; l'ironie, au contraire,
est fondée sur la discordance, elle complique et
analyse.

Pourtant il serait, à notre avis, regrettable de voir
Hemingway figurer, dans les histoires littéraires
modernes, parmi les « symbolistes » ou parmi les
« ironistes ». [...] Hemingway se sert du symbolisme, avec une retenue qui, dans ses meilleures
œuvres, donne plus de force à son réalisme ; et il
se sert aussi de l'ironie. C'est l'ambiguïté de la vie
que veut rendre Hemingway, et c'est pourquoi
l'ironie est une méthode qui lui convient si bien.
Mais, s'il faut à tout prix lui donner une étiquette,
rendons-lui justice : bien qu'il manie très habilement l'ambiguïté artistique, il demeure le très
grand romancier réaliste du xxᵉ siècle.

HEMINGWAY ET L'ART DU DIALOGUE

Pour tout narrateur, les quatre parties du discours
sont la description, le commentaire, la narration et
le dialogue. Leur équilibre varie considérablement
selon le tempérament de l'auteur, selon le sujet, et
surtout selon le type du récit. [...] Le spécialiste du
récit court demande au dialogue la rapidité des
péripéties et la présence immédiate des personnages. Or Hemingway a un tempérament d'auteur
de nouvelles. Le dialogue est son mode d'expres-

Robert Escarpit, *He-
mingway*, La Renais-
sance du Livre,
pp. 138-139.

sion. Il serait facile de montrer qu'il occupe dans son œuvre une place supérieure à celle qu'il occupe chez ses contemporains. [...]

On peut alors se demander pourquoi il n'a pas davantage écrit pour le théâtre. [...] C'est que le dialogue d'Hemingway n'est pas réellement un dialogue de théâtre. Nous emprunterons à Ehrenbourg ce commentaire très significatif : « Je suis content quand j'arrive à comprendre comment un livre a été écrit, mais je n'ai jamais compris jusqu'à ce jour comment Hemingway obtient cette puissance dans son dialogue. Souvent j'ai eu l'occasion d'entendre des conversations enregistrées sur bandes magnétiques : nous tendons tous à parler beaucoup plus longuement et d'une façon beaucoup plus « littéraire » et pâle qu'Hemingway ne fait parler ses héros. Ce n'est pas un dialogue entendu et enregistré, mais un concentré de dialogue, souvent fait d'éléments superficiellement insignifiants — de simples fragments d'expressions quotidiennes qui parviennent toujours à exprimer ce qui est essentiel. Quand d'autres écrivains essaient d'imiter le dialogue d'Hemingway, le résultat est une pauvre parodie : sa découverte n'a pas été la clé d'une nouvelle méthode, mais quelque chose de profondément individuel et d'inimitable. »

L'INTERPRÉTATION DE ROGER ASSELINEAU

La vision du monde de Hemingway demeure toujours tragique et résulte essentiellement du contraste éternel entre la permanence de la nature (c'est-à-dire ici de la mer) et le caractère éphémère de l'existence humaine. Mais, malgré cela,

« Bibliothèque de la Pléiade », II, pp. 1732-1734.

[...] Hemingway s'est à présent réconcilié avec la vie et accepte même la vieillesse avec plus de sérénité que dans *Au-delà du fleuve et sous les arbres*. Il est en particulier soutenu maintenant par cette pensée que Robert Jordan avait pressentie, mais que le vieux pêcheur sait vivre à fond, à savoir qu'« aucun homme n'est jamais seul en mer ». A la notion de solitude irréductible du héros succède donc à présent cette idée de vaste solidarité cosmique qui lie tous les êtres et tous les hommes.

Le Vieil Homme et la mer est d'ailleurs un tour de force technique. Il a fallu à l'auteur beaucoup d'art pour donner à cette très mince histoire toute son épaisseur dramatique et symbolique [...] On a donc crié au chef-d'œuvre lorsque le livre a paru et c'en est un sans doute à certains égards, mais ce n'est certainement pas le plus grand livre de Hemingway, bien que ce soit peut-être le plus sage.

L'INTERPRÉTATION DE GEORGES BATAILLE, A LA LUMIÈRE DE HEGEL

L'œuvre de Hemingway me semble d'abord l'exaltation, une exaltation mesurée, et d'autant plus tendue, de ce que, selon l'auteur, la vie humaine a de plus digne d'adhésion.

Cela ne veut pas dire ce que la morale commune définit comme tel. Ce n'en est pas le contraire, sans doute, c'est d'une recherche *indépendante*, que la tradition ne lie pas, qu'il s'agit. Ces principes, en effet, sont mis à l'épreuve de la vérité. [...] L'excellence découle de la vérité, non d'un choix qui a fixé d'avance une généralisation

Georges   Bataille, « Hemingway à la lumière de Hegel », *Critique*, 10 mars 1955, pp. 195-210.

formelle, une règle, une loi morale. La passion dans la recherche de l'excellence [...] est ce qui rend compte de la rage et de l'entêtement de Hemingway dans l'effort d'excellence qui lui appartient. Je veux parler de ce degré d'exactitude dans l'expression sensible de la vérité, que nul autre que lui ne me semble avoir atteint. [...]

Un désir de la perfection poussé à ce point n'est que bien rarement une manie. L'excellence à laquelle il faut parvenir à tout prix répond au désir exaspéré d'un bien presque inaccessible. [...]

Je crois que [les exigences de Hemingway] ne répondent pas aussi simplement que l'a cru Carlos Baker à cette morale universelle dont le christianisme est encore, dans son ensemble, une expression acceptable. [...]

Pour Hegel, l'humanité ne s'est pas formée simplement mais, dans un téméraire aveuglement, les plus fiers affrontèrent la mort ; [...] ils surent mettre à leur service le travail des autres, en les réduisant à l'esclavage. [...] Les esclaves produisirent, les maîtres consommèrent, puis, dans le monde de la production dont seuls ils paraissaient les bénéficiaires, ils devinrent lentement des étrangers : des survivances débiles d'un monde ancien d'un monde de la gloire et du prestige. [...] La morale de Hemingway est celle du *maître disparu.* [...]

S'il s'agit de préciser ce qu'est le bien pour Hemingway, c'est ce qui le fut pour le maître [...] Ce qui importe pour le maître est un monde où la vie humaine tire sa valeur, et sa saveur, du fait d'affronter la mort. [...] La pêche, surtout la chasse, ont toujours été des jeux, souvent des privilèges des maîtres. [...] Il n'est rien qui leur convienne qui ne soit jeu, à la condition que le jeu, en quelque mesure, en soit un de la vie et de la mort. [...]

Le monde de Hemingway est si bien le monde du maître que celui de ses héros qui sans doute répond le plus parfaitement au désir d'excellence qu'il porte en lui s'exprime ainsi (bien qu'il soit en bas de l'échelle sociale) :

« L'homme n'est pas fait pour la défaite. On peut détruire l'homme, mais le vaincre, on ne peut pas. »

[...] Ces paroles, Hemingway les prête à un vieillard à bout de forces, luttant contre les requins. Ce vieillard évidemment n'est pas le maître, mais il distingue lui-même avec lucidité en quoi il participe de l'esclave — en quoi il participe du maître.

« Je suis un vieil homme fatigué, dit-il. Mais j'ai tué ce poisson qui est mon frère et maintenant je dois faire le travail de l'esclave. »

Ou plus loin :

« Le combat est fini, et maintenant, il y a du travail à faire en quantité, du travail d'esclave. »

Il sait qu'en un point le travail qu'il doit faire est servile, mais la pêche en elle-même ne l'est pas. Il n'en doute pas, la fin n'est pas tellement l'utilité, c'est le prestige.

Ce qui fait le prix de l'art de Hemingway est cette quête de la souveraineté qu'il poursuit dans son œuvre avec une passion aveugle et obstinée. *Le Vieil Homme et la mer* me semble avoir dans cette recherche une place privilégiée : la passion de Hemingway, sans être moins aveugle, y est pourtant plus sûre, et elle y a le pouvoir d'atteindre, sinon l'inaccessible, ce qui du moins sembla hors d'atteinte. A mes yeux, l'apparition fugace de cette souveraineté profonde qui est le

236

bien du vieillard est d'autant plus significative qu'elle est partie de l'impuissance. J'ai tenté un parallèle de la représentation hégélienne et de celle d'un livre en tant qu'il met en scène un personnage, mais ce parallèle ne peut être maintenu jusqu'au bout. Le vieillard évidemment n'est pas le maître. Hemingway d'ailleurs n'est pas lui-même le maître.

[...] Le vieillard sait qu'affronter la mort en combattant est le seul moyen de répondre, il sait que l'homme ne vit pas seulement de pain mais de prestige : mais il ignore évidemment que l'homme a une tâche essentielle : l'homme a la charge de transformer l'homme, l'homme par son action doit changer le monde. Le vieillard, devant cette tâche, se déroberait d'ailleurs pour deux raisons : la première, que l'horrible travail de l'histoire n'eut pas besoin de lui pour se faire [...] ; et la seconde qu'il n'en a pas le cœur (il n'est ni assez ambitieux ni assez cruel pour cela).

C'est pourquoi le vieillard de Hemingway assume le sens de toute l'œuvre. [...]

A coup sûr, il y a dans le monde de Hemingway quelque chose d'archaïque et de court, quelque chose de simplifié. Il est vain d'opposer aux obstacles que la violence ne peut réduire une aveugle fierté. [...] Hemingway est peut-être limité mais il n'y a pas dans son œuvre de tricherie, ni de concession à la lâcheté qui porte à dominer les autres comme des choses.

L'INTERPRÉTATION À LA LUMIÈRE DE FREUD

Le travail psychanalytique nous a fait don de cette thèse : les êtres humains deviennent névro-

Sigmund Freud, *L'Inquiétante Étrangeté et autres essais*, Gallimard, 1985.

Lithographie d'André Minaux pour *Le vieil homme et la mer*, in Ernest Hemingway, *Œuvres complètes*, André Sauret, 1963. Collection particulière. Ph. Éditions Gallimard © A.D.A.G.P., 1991.

sés par suite de la *frustration* [*Versagung*]. C'est de la frustration de la satisfaction de leurs désirs libidinaux qu'il s'agit et un assez long détour est nécessaire pour comprendre cette thèse. Car, pour que se constitue la névrose, il faut un conflit entre les désirs libidinaux d'un homme et cette partie de son être, que nous appelons son moi, qui est l'expression de ses pulsions d'autoconservation et englobe les idéaux qu'il a de son être propre. Un tel conflit pathogène n'apparaît que si la libido veut se lancer sur des voies et vers des buts qui sont depuis longtemps dépassés et proscrits par le moi, et qu'il a donc interdits aussi pour toujours, et la libido ne fait cela que si lui est retirée la possibilité d'une satisfaction idéale faisant droit au moi. Ainsi la privation, la frustration d'une satisfaction réelle, devient la première condition de la constitution de la névrose, bien que n'étant pas la seule à beaucoup près.

Aussi est-on forcément d'autant plus surpris, voire désorienté, quand on fait comme médecin l'expérience qu'il arrive à des hommes de tomber malades au moment où un désir, intimement fondé et longuement nourri, est parvenu à son accomplissement. Il semble alors qu'ils ne supporteraient pas leur bonheur, car on ne peut douter du rapport causal entre le succès et l'entrée dans la maladie. [...]

Le travail psychanalytique apprend que les forces de la conscience morale par lesquelles nous devenons malades du fait du succès, comme on le devient ordinairement du fait de la frustration, dépendent intimement, comme peut-être toute notre conscience de culpabilité, du complexe d'Œdipe, du rapport au père et à la mère.

BIBLIOGRAPHIE

1. ŒUVRES DE HEMINGWAY

The Old Man and the Sea, New York, Scribner's, 1952. Édition en langue française : *Le Vieil Homme et la mer,* traduction de Jean Dutourd, Paris, Gallimard, 1952.

Selected Letters, 1917-1961, Panther Books, Granada 1981. Édition en langue française : Hemingway, *Lettres choisies, 1917-1961,* traduction de Michel Arnaud, Paris, Gallimard, 1981.

Œuvres romanesques, édition en langue française, établie et annotée par Roger Asselineau, « Bibliothèque de la Pléiade », Paris, Gallimard, tome 1, 1966, tome 2, 1969.

« On the Blue Water », *Esquire* (avril 1936), pp. 31, 184-185. Repris *in Hemingway, En ligne,* traduction de Jean-René Major et Georges Magnane, Paris, Gallimard, 1970, pp. 272-281 et *in* « Bibliothèque de la Pléiade », tome II.

N.B. Pour les éditions en collection « Folio », voir l'avertissement en tête du livre.

2. BIOGRAPHIES, SOUVENIRS, INTERVIEWS

Baker, Carlos, *Ernest Hemingway : A Life Story,* New York, Scribner, 1969. Édition en langue française : *Ernest Hemingway, Histoire d'une vie,* traduction de Claude Noël et Andrée R. Picard, Paris, Laffont, 1970-1971, pp. 296-304.
La première biographie complète de l'écrivain, avec une documentation importante.

Hotchner, A.E., *Papa Hemingway - A Personal Memoir,* New York, Random House, 1966. Édition en langue française : *Papa Hemingway,* Paris, Mercure de France, 1966.
Recueil de souvenirs qui a suscité certaines réserves de la veuve de Hemingway.

Lynn, Kenneth S., *Hemingway,* New York, Simon and Schuster, 1987. Édition en langue française : *Hemingway,* traduction de Anne Wicke et Marc Amfreville, Paris, Payot, 1990, pp. 594-595.
Après la parution du Jardin d'Éden, une étude centrée sur l'androgynie de l'auteur.

Meyers, Jeffrey, *Hemingway : A Biography,* New York, Harper & Row, 1985. Édition en langue française : *Hemingway,* traduction de Geneviève Hily Mane et Sylvie Besse, Belfond, 1987, pp. 487-494.
Approche iconoclaste, bien documentée, et un peu touffue, de la personnalité de l'auteur.

Plimpton, George, « Ernest Hemingway : The Art of Fiction », *The Paris Review,* 18, (mars 1955), pp. 61-89. Repris *in* Baker, 1961, pp. 19-37 ; *in* Wagner, 1974, pp. 24-38.
Un journaliste interroge Hemingway sur son art.

Ross, Lilian, « How Do You Like it, Gentlemen ? », *New-Yorker,* 25 (mai 13, 1950), pp. 36-62. Repris *in Portrait of Hemingway,* New York, Simon and Schuster, 1961.
Une journaliste regarde vivre Hemingway et le prend au piège de son personnage.

3. CRITIQUES EN LANGUE FRANÇAISE

Asselineau, Roger (sous la direction de), *The Literary Reputation of Hemingway in Europe* , Paris, Lettres modernes, et New York, New York University Press, 1965.
Recueil d'articles collectifs sur l'accueil de Hemingway en Europe.

Asselineau, Roger, *Ernest Hemingway,* Paris, Seghers, 1972, pp. 50-53.
Présentation de l'écrivain et choix de textes.

Astre, G. Gilbert, *Hemingway par lui-même,* Paris, Le Seuil, 1959.
Présentation de l'écrivain.

Astre, G. Gilbert, Bosquet, Alain, Brown, John, Castillo, Michel de, Curtis, Jean-Louis, Grenier, Roger, Morht, Michel, Saporta, Marc, Semprun, Jorge, *Hemingway,* Paris, Hachette, 1966.
Recueil de points de vue.

Beebe, Maurice (sous la direction de), *Configuration critique d'Ernest Hemingway,* Paris, Lettres modernes, 1957. (Coll. « La Revue des Lettres Modernes » 31-34 ; Coll. « Configuration critique » 2.)
Traduction en français des articles de M. Backman, J.B. Colvert, F.I. Carpenter, L. Gurko, E.M. Haliday, et esquisse bibliographique sur la critique de Hemingway en France.

Brown, John, *Hemingway,* Paris, Gallimard, 1961.
Présentation de l'homme, de l'œuvre ; morceaux choisis de l'écrivain et de ses critiques.

Coindreau, Maurice, *Aperçus de littérature américaine,* Paris, Gallimard, 1946.
Critique sévère du traducteur qui avait contribué à rendre Hemingway célèbre en France.

Escarpit, Robert, *Hemingway,* Paris, La Renaissance du livre, 1964.

Hily-Mane, Geneviève, *Le Style d'Ernest Hemingway : la plume et le masque,* Paris, PUF / Université de Rouen, 1983.
Étude des techniques de masquage et de message second chez l'auteur.

Magny, Claude-Edmonde, « Hemingway ou l'exaltation de l'instant », *L'Âge du roman américain,* Paris, Le Seuil, 1948, pp. 159-178.
Un autre bilan avant Le Vieil Homme et la mer.

Stein, Gertrude, *L'Autobiographie d'Alice B. Toklas.* Traduction de Bernard Faÿ, Paris, Gallimard, 1934. Traduction de *The Autobiography of Alice B. Toklas,* New York, Harcourt, Brace, 1933.

4. CRITIQUES EN LANGUE ANGLAISE

Baker, Carlos (sous la direction de), *Hemingway and His Critics,* New York, Hill and Wang, 1961.
Recueil d'articles collectifs.

Baker, Carlos (sous la direction de), *Ernest Hemingway : Critiques of Four Major Novels,* New York, Scribner, 1962.
Recueil d'articles collectifs.

Baker, Sheridan W., *Ernest Hemingway - An Introduction and Interpretation,* American Authors and Critics, New York, Chicago, San Fran-

cisco, Toronto, London, Holt, Rinehart and Winston, Inc, 1967, pp. 119-136.
Présentation de l'écrivain destinée à des étudiants anglophones.

Fenton, Charles A., *The Apprenticeship of Ernest Hemingway,* New York, Farrar, Strauss & Cudahy, 1954.
Les débuts de Hemingway journaliste puis écrivain.

Jobes, Katharine T. (sous la direction de), *Twentieth Century Interpretations of The Old Man and the Sea : A Collection of Critical Essays,* Englewood Cliffs, N.J., Prentice-Hall, 1968.
Recueil d'articles collectifs.

McCaffery, John K.M. (sous la direction de), *Ernest Hemingway : The Man and His Work,* Cleveland, The World Publishing Company, 1950.
Recueil d'articles collectifs.

Rovit, Earl, *Ernest Hemingway,* New York, Twayne, 1963, pp. 83-94.

Spilka, Mark, *Hemingway Quarrel with Androgyny,* Lincoln & London, University of Nebraska Press, 1990.
La dernière interprétation de l'œuvre de Hemingway.

Wagner, Linda Welshimer (sous la direction de), *Ernest Hemingway : Five Decades of Criticism,* Michigan State University Press, 1974.
Recueil d'articles collectifs.

Weeks, Robert P. (sous la direction de), *Hemingway : A Collection of Critical Essays,* Twentieth Century Views, Englewood Cliffs, New Jersey, Prentice Hall inc., 1962.
Recueil d'articles collectifs.

Young, Philip, *Ernest Hemingway : A Reconsideration,* The Pennsylvania State University Press, 1966, pp. 123-133, 274-275. Repris *in* Jobes, pp. 18-27.

TABLE

ESSAI

DOSSIER

DU MÊME AUTEUR

Aux Éditions Gallimard

CINQUANTE MILLE DOLLARS.

L'ADIEU AUX ARMES.

LE SOLEIL SE LÈVE AUSSI.

LES VERTES COLLINES D'AFRIQUE.

MORT DANS L'APRÈS-MIDI.

EN AVOIR OU PAS.

DIX INDIENS suivi de LES NEIGES DU KILIMANDJARO.

PARADIS PERDU suivi de LA CINQUIÈME COLONNE, *nouvelles de théâtre*.

LE VIEIL HOMME ET LA MER. (« 1000 Soleils » : *illustrations de Marc Berthiet* — Folio Junior : *illustrations de Bruno Pilorget, n° 435.*)

POUR QUI SONNE LE GLAS.

PARIS EST UNE FÊTE.

AU-DELÀ DU FLEUVE ET SOUS LES ARBRES.

ŒUVRES ROMANESQUES, tomes I et II.

EN LIGNE.

ÎLES À LA DÉRIVE.

E. H. APPRENTI REPORTER.

LES NOUVELLES DE NICK ADAMS.

LE BON PETIT LION.

LE TAUREAU FIDÈLE.

88 POÈMES.

LETTRES CHOISIES *(1917-1961)*.

L'ÉTÉ DANGEREUX, *chroniques*.

LE JARDIN D'ÉDEN.

Enfantimages

LE BON PETIT LION. *Illustrations d'Enrica Agostinelli.*

LE TAUREAU FIDÈLE. *Illustrations de Michael Foreman.*

DANS LA MÊME COLLECTION

À PARAÎTRE

Composé par
Aubin Imprimeur.
Achevé d'imprimer
par l'imprimerie Maury à Malesherbes
le 3 avril 1991.
Dépôt légal : avril 1991.
Numéro d'imprimeur : C91/33963.

ISBN 2-07-038356-3. / Imprimé en France.